五福五代堂古稀天子寶

八徵耄念之寶

太上皇帝之寶

# 重刊許氏說文解字五音韻譜卷六

## 上聲二

三十八書呂切鼠

三十九舒呂切黍

四十直呂切宁

四十一力舉切呂

四十二尼呂切女

四十三余呂切予

四十四王矩切羽

四十五王矩切雨

四十六知庾切丶讀若主

四十七它魯切土

四十八郎古切鹵

四十九呼古切虎

五十公户切古

五十一工户切鼓

五十二公户切兆讀若瞽

五十三侯古切户

五十四疑古切五

五十五疑古切午

五十六莫禮切米

五十七丁禮切氐

五十八盧啓切豊讀若禮

五十九胡禮切匸讀若傒

六十宅買切廌

六十一胡畎切豙

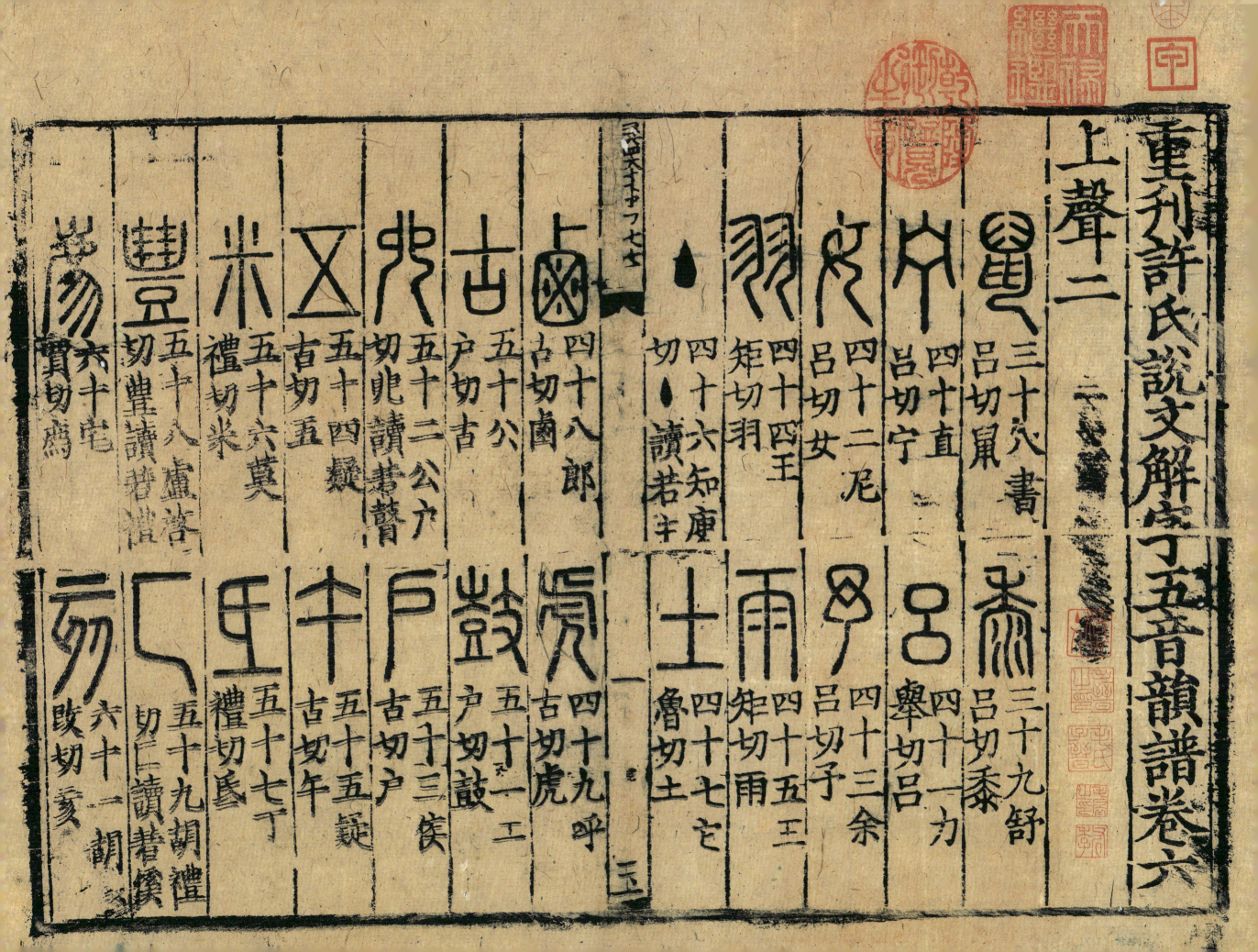

重刊許氏說文解字五音韻譜卷六

上聲二

| | |
|---|---|
| 鼠 書呂切 三十八 鼠 | 黍 舒呂切 三十九 黍 |
| 宁 直呂切 四十 宁 | 呂 力舉切 四十一 呂 |
| 女 尼呂切 四十二 女 | 予 余呂切 四十三 予 |
| 羽 王矩切 四十四 羽 | 雨 王矩切 四十五 雨 |
| 丶 知庾切 四十六 丶 | 土 它魯切 四十七 土 |
| 鹵 郎古切 四十八 鹵 | 虎 呼古切 四十九 虎 |
| 古 公戶切 五十 古 | 鼓 工戶切 五十一 鼓 |
| 此 雌氏切 五十二 此 | 戶 侯古切 五十三 戶 |
| 五 疑古切 五十四 五 | 午 疑古切 五十五 午 |
| 米 莫禮切 五十六 米 | 且 子余切 五十七 且 |
| 豊 盧啓切 五十八 豊 | 乃 奴亥切 五十九 乃 |
| [illegible] 六十 | 丂 苦浩切 六十一 丂 |

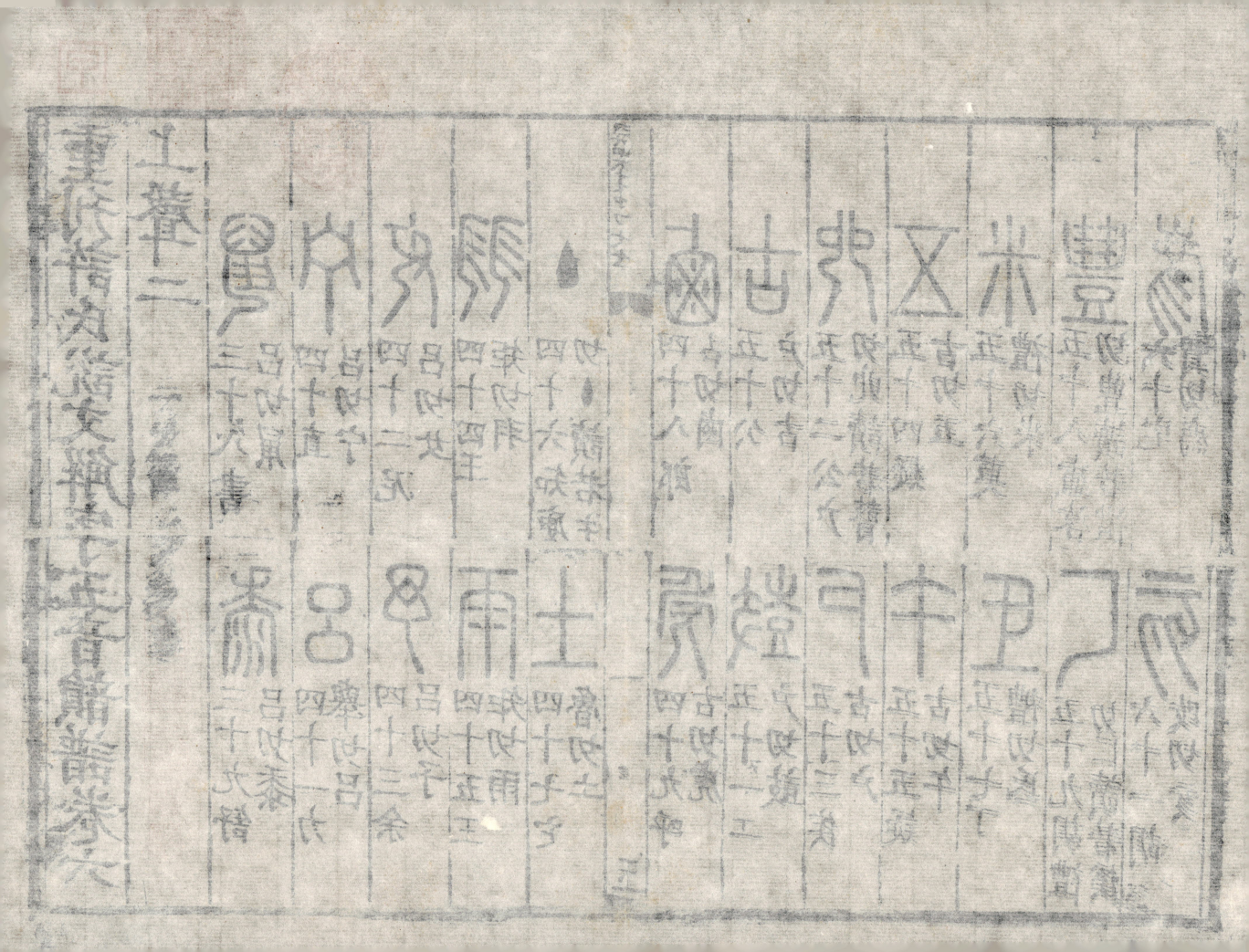

乃 六十二 奴亥切乃
乚 六十四 於謹切乚讀若隱
㯻 六十六 胡本切㯻讀若混
厂 六十八 呼旱切厂讀若呼
丏 七十 彌兖切丏
乀 七十二 弗流切乀與弗同
𢆶 七十四 旨夷切𢆶讀若刺

乆 六十三 余忍切乆讀若引
㫃 六十五 於幰切㫃讀若偃
丨 六十七 古本切丨讀若袞
卝 六十九 盧管切卝
犬 七十一 苦泫切犬
舛 七十三 昌兖切舛
耎 七十五 而兖切耎讀若耎



辡 七十六 平免切辡
鳥 七十八 都了切鳥
小 八十 私兆切小

㠭 七十七 知衍切㠭讀若展
了 七十九 盧鳥切了
𠬪 八十二 平小切𠬪讀若摽

鼠 三十 入 穴蟲之總名也象形凡鼠之屬皆从鼠 書呂切
鼨 豹文鼠也从鼠冬聲 職戎切
𪕕 籀文省
鼶 鼠也从鼠虒聲
鼠衣
𪕰 鼠似雞鼠尾从鼠此聲即移切
鼩 精鼩鼠也从鼠句聲其俱切

䶂 斬䶂鼠黑身白要若帶手有長白毛似握版之狀類蝯蜼之屬从鼠胡聲户吴切

鼷 小鼠也从鼠奚聲胡雞切

䶉 鼠也从鼠番聲讀若樊或曰鼠婦附袁切

鼲 鼠出丁零胡皮可作裘从鼠軍聲乎昆切

○

⿰鼠平 ⿰鼠平令鼠从鼠平聲薄經切

⿰鼠畱 竹鼠也如犬从鼠畱省聲力求切

⿰鼠今 鼠屬从鼠今聲讀若含胡男切

○

⿰鼠宂 鼠屬从鼠宂聲而隴切

鼢 地行鼠伯勞所作也一曰偃鼠从鼠分聲房吻切

蚡 或从虫分

鼸 ⿰鼠僉也从鼠兼聲丘檢切

○

鼬 如鼠赤黃而大食鼠者从鼠由聲余救切

○

⿰鼠勺 胡地風鼠从鼠勺聲之若切

⿰鼠各 鼠出胡地皮可作裘从鼠各聲下各切

⿰鼠益 鼠屬从鼠益聲於革切

⿰豸益 或从豸

鼫 五技鼠也能飛不能過屋能緣不能窮木能游不能渡谷能穴不能掩身能走不能先人从鼠石聲常隻切

文二十 重三



黍 三十九 禾屬而黏者也以大暑而種故謂之黍从禾雨省聲孔子曰黍可爲酒禾入水也凡黍之屬皆从黍舒呂切

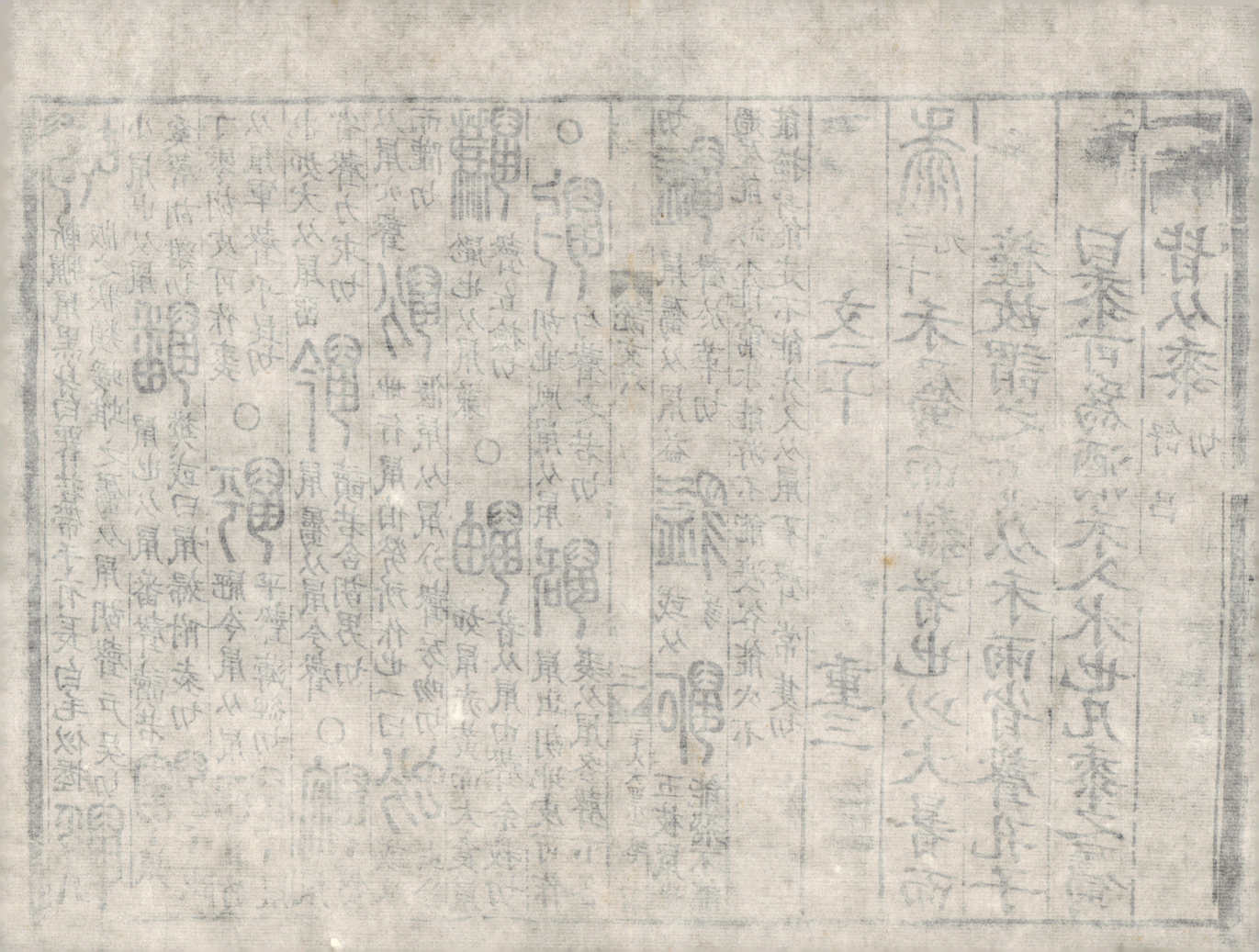

𪏰 穄也从黍麻聲靡爲切 𪏓 黏也从黍古聲戶吴切 粘 𪏓或从米

黎 履黏也从黍𥝢省聲𥝢古文利作履黏以黍米郎奚切 ○ 黏 相箸也从黍占聲女廉切 ○ 䵒 黍屬从黍卑聲并弭切 ○ 䵑 黏也从黍日聲春秋傳曰不義不䵑尼質切 𪏻 䵑或从刃 𪐈 治黍禾豆下潰葉从黍畐聲蒲北切

文八 重三

宁 四十 辨積物也象形凡宁之屬皆从宁直呂切

𡦹 輴也所以載盛米从宁从甾甾缶也陟呂切

文二

吕 四十一 脊骨也象形昔太嶽爲禹心吕之臣故封吕矦凡吕之屬皆从吕力舉切 膂 篆文吕从肉从旅

躳 身也从身从吕居戎切 躬 躳或从弓

文二 重二

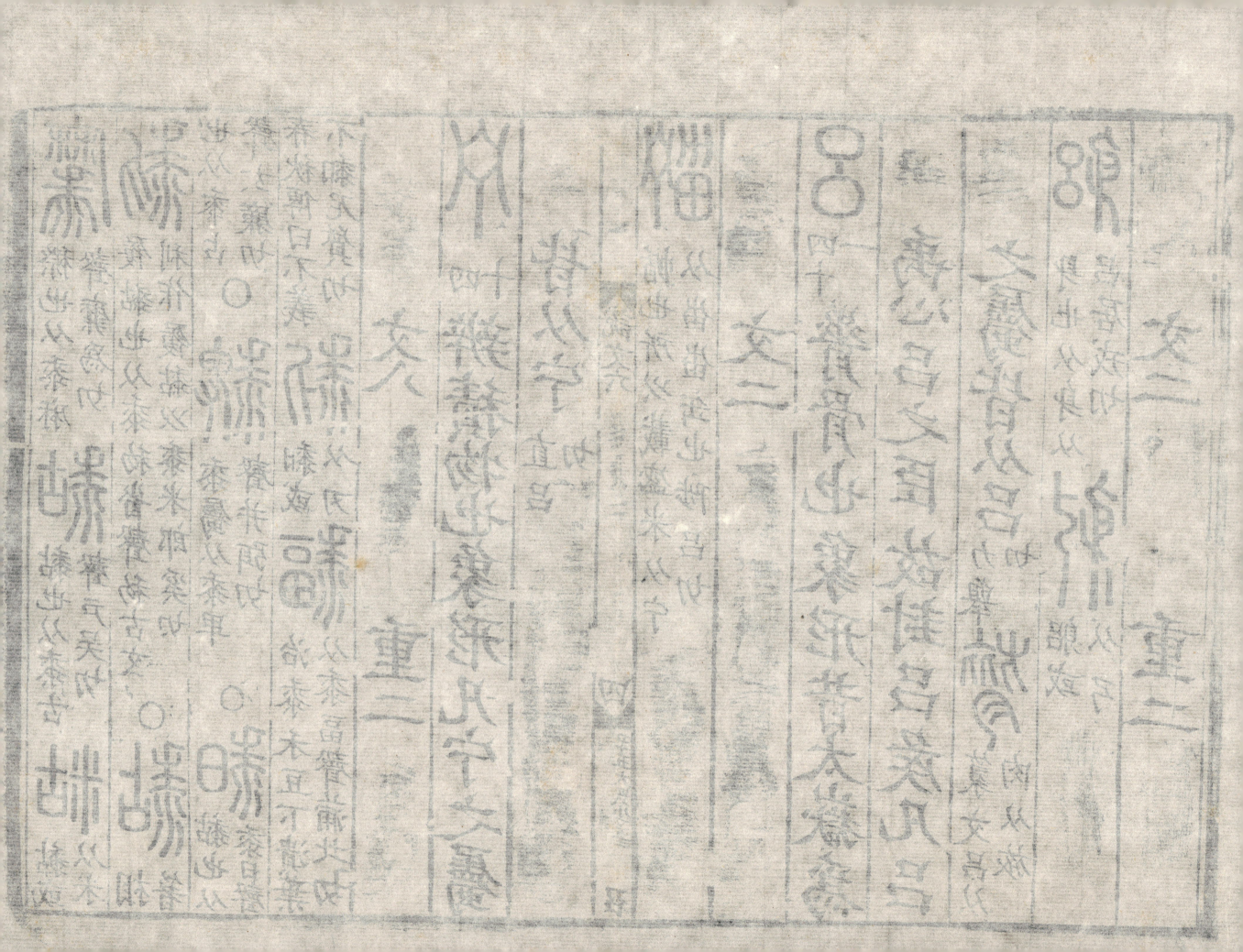

女 四十二 婦人也象形王育說凡女之屬皆从女 尼呂切

娀 帝高辛之妃偰母號也从女戎聲詩曰有娀方將息弓切

孈 愚戇多態也从女雟聲讀若隓式吹切

姕 婦人小物也从女此聲詩曰屢舞姕姕即移切

嫢 媞也从女規聲讀若癸秦晉謂細腰爲嫢居隨切

嬀 虞舜居嬀汭因以爲氏从女爲聲居爲切

姿 態也从女次聲即夷切

姨 妻之女弟同出爲姨从女夷聲以脂切

婎 姿婎姿也从女隹聲一曰醜也許惟切



嫠 無夫也从女𢼸聲里之切

媐 說樂也从女巸聲許其切

娸 人姓也从女其聲杜林說娸醜也去其切

姬 黃帝居姬水以爲姓从女𦣞聲居之切

妃 匹也从女巳聲芳非切

婓 往來婓婓也一曰醜皃从女非聲芳非切

㛄 女字也从女衣聲讀若衣於稀切

威 姑也从女从戌漢律曰婦告威姑徐鍇曰土盛於戌土陰之主也故从戌於非切

媁 不說皃从女韋聲羽非切

如 从隨也从女从口徐鍇曰女子从父之教从夫之命故从口會意人諸切

嬩 女字也从女與聲讀若余以諸切

娛 樂也从女吳聲虞俱切

嬃 女字也楚詞曰女嬃之嬋媛賈侍中說楚

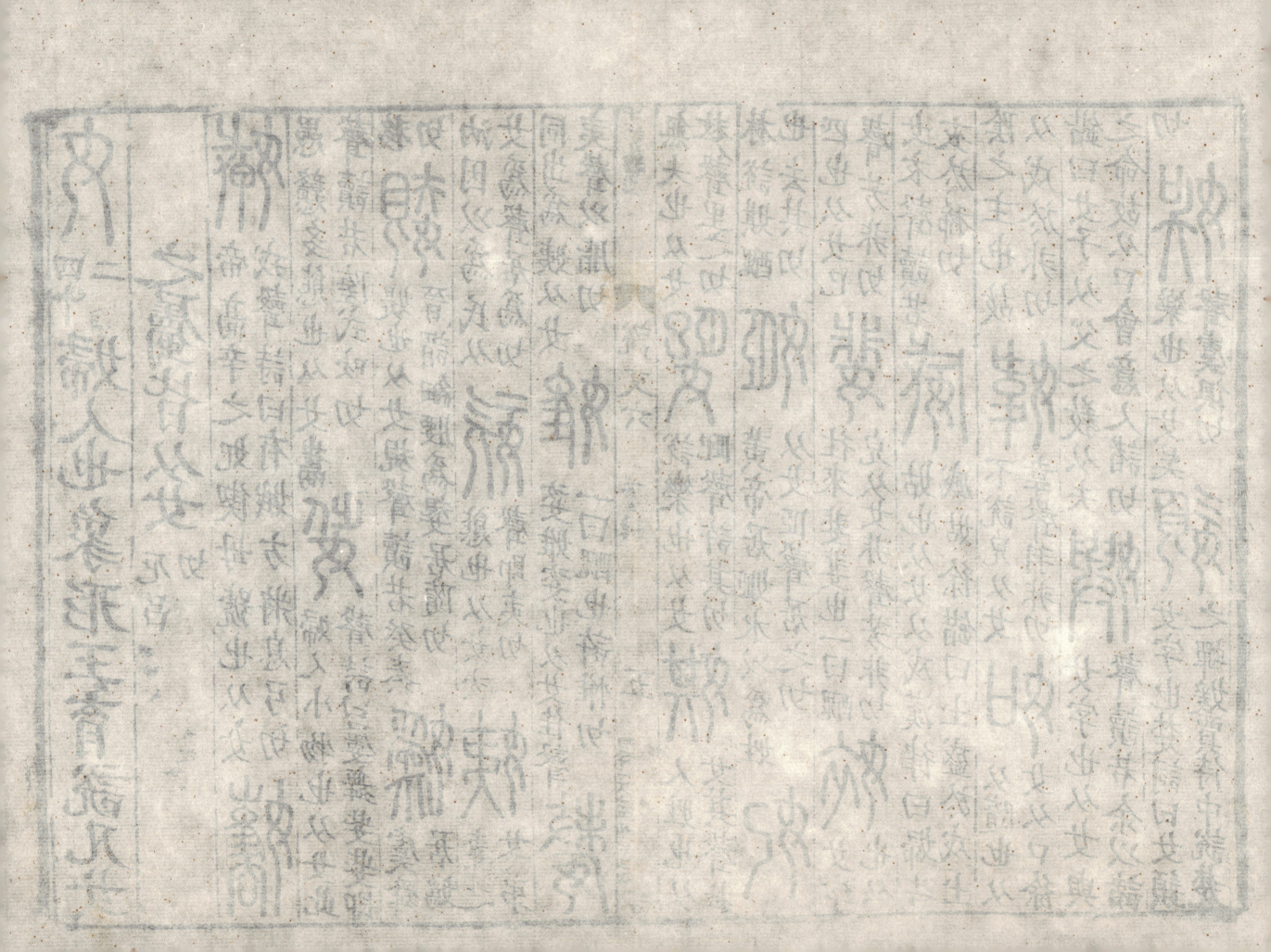

人謂姊爲嬃从女須聲相俞切

嬬 弱也一曰下妻也从女需聲相俞切

㚣 好也从女殳聲詩曰靜女其㚣昌朱切

姝 好也从女朱聲昌朱切

嫫 嫫母都醜也从女莫聲莫胡切

奴 奴婢皆古之辠人也周禮曰其奴男子入于辠隸女子入于舂藁从女从又臣鉉等曰又手也持事者也乃都切

㚢 古文奴从人

嫴 保任也从女辜聲古胡切

姑 夫母也从女古聲古胡切

妻 婦與夫齊者也从女从屮从又又持事妻職也臣鉉等曰屮者進也齊之義也故从屮七稽切

⿱𦣻女 古文妻从𦣻女𦣻古文貴字

⿰女齊 材也从女齊聲祖雞切

㜎 女隸也从女奚聲胡雞切

嫛 婗也从女殹聲烏雞切

婗 嫛婗也从女兒聲一曰婦人惡皃五雞切

娃 圜深目皃或曰吳楚之閒謂好曰娃从女圭聲於佳切

媧 古之神聖女化萬物者也从女咼聲古蛙切

𡡉 籒文媧从㗊

媒 謀也謀合二姓从女某聲莫桮切

嬯 遲鈍也从女臺聲闒嬯亦如之徒哀切

娝 不肖也从女否聲讀若竹皮箁匹才切

娠 女妊身動也从女辰聲春秋傳曰后緍方娠一曰官婢女隸謂之娠失人切

嬪 服也从女賓聲符真切

姻 壻家也女之所因故曰姻从女从因因亦聲於真切

婣 籒文姻从㴃

姰 鈞適也男女併也从女旬聲居勻切

姺 殷諸侯爲

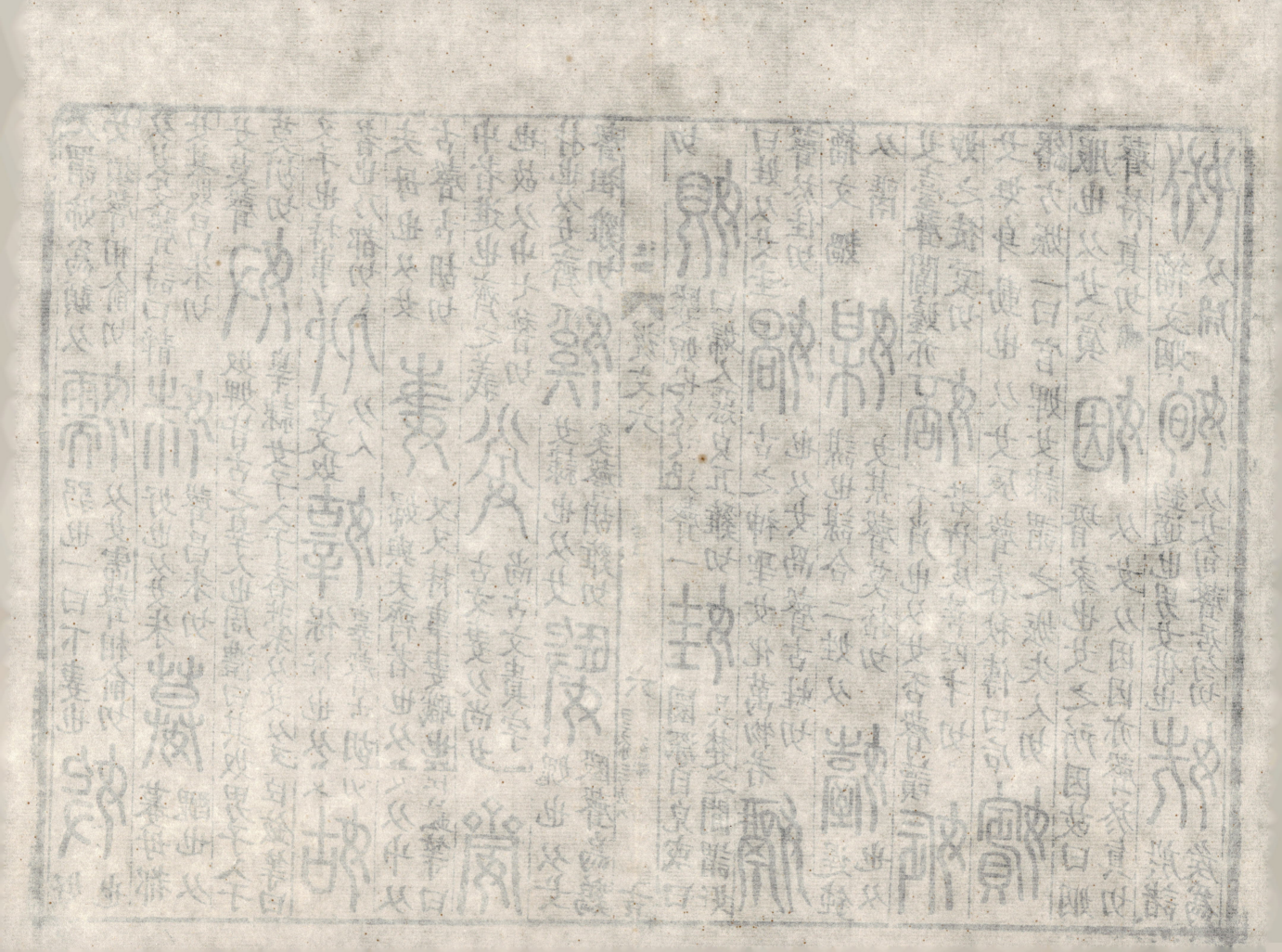

亂疑姓也从女先聲春秋傳曰商有姺邳所臻切

祝融之後姓也从女云聲王分切

籀文妘从員

台國之女周棄母字也从女原聲愚袁切

婦家也禮娶婦以昏時婦人陰也故曰婚从女从昏昏亦聲呼昆切

籀文婚

犯婬也从女从干干亦聲古寒切

體德好也从女官聲讀若楚郤宛一完切

訟也从二女女還切

私也从三女古顏切

古文姦从心旱聲

雅也从女閒聲戶閒切

美也从女臤聲苦閑切

○

甘氏星經曰太白上公妻曰女媊女媊居南斗食厲天下祭之曰明星从女前聲昨先切





有守也从女弦聲胡田切

技也一曰不省錄事一曰難侵也一曰惠也一曰安也从女幵聲讀若研五堅切

嬋娟態也从單聲市連切

輕皃从女扁聲芳連切

好也从女旋聲似沿切

壹也从女專聲一曰嫥嫥職緣切

材緊也从女瞏聲春秋傳曰嬛嬛在疚許緣切

嬋娟也从女肙聲於緣切

好也从女䙴聲讀若蜀郡布名委員切

女字也从女尞聲洛蕭切

輕也从女票聲匹招切

兩肩行皃从女䍃聲余招切

虞舜居姚虛因以爲姓从女兆聲或爲姚嬈也史篇以爲姚易也余招切

巧也一曰女子笑皃詩曰桃之𡛜𡛜从女

芺聲於喬切

**嬌** 姿也从女喬聲舉喬切

**姣** 好也从女交聲胡茅切

**媌** 目裏好也从女苗聲莫交切

**娿** 陰娿也从女阿聲烏何切

**妸** 女字也从女可聲讀若阿烏何切

**妿** 女師也从女加聲杜林說加教於女也讀若阿烏何切

**娥** 帝堯之女舜妻娥皇字也秦晉謂好曰娙娥从女我聲五何切

**媻** 奢也从女般聲臣鉉等曰今俗作婆非是薄波切

**娑** 舞也从女沙聲詩曰市也媻娑素何切

**㛗** 訬疾也从女坐聲昨禾切

**妨** 害也从女方聲敷方切

**嬙** 婦官也从女牆省聲才良切

**妝** 飾也从女牀省聲側羊切

**孃** 煩擾也一曰肥大也从女襄聲女良切

**姜** 神農居姜水以爲姓从女羊聲居良切

**娙** 長好也从女巠聲五莖切

**嫈** 小心態也从女熒省聲烏莖切

**姘** 除也漢律齊人予妻婢姦曰姘从女并聲普耕切

**嬴** 少昊氏之姓从女羸省聲以成切

**嬰** 頸飾也从女賏賏其連也於盈切

**嫇** 嬰嫇也从女冥聲一曰嫇嫇小人皃莫經切

**孁** 好字也从女霝聲郎丁切

**婤** 女字也从女周聲職流切

**媰** 婦人妊身也从女芻聲周書曰至于媰婦側鳩切

**媮** 巧黠也从女俞聲託侯切

**婁**

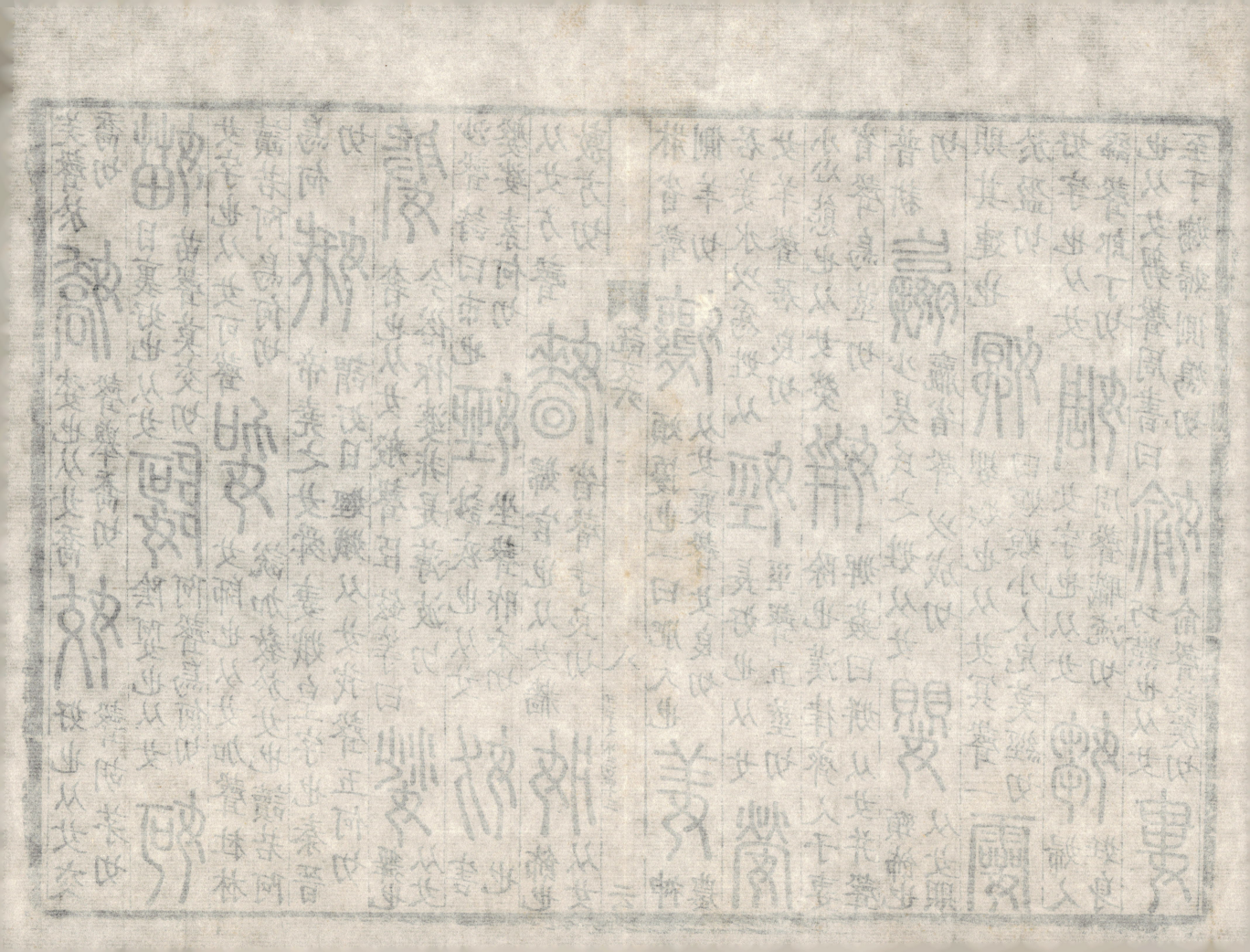

空也从毋中女空之意也一曰婁務也洛侯切
婁 古文
婬 私逸也从女㸒聲余箴切
媅 樂也从女甚聲丁含切
婪 貪也从女林聲杜林說卜者黨相詐驗爲婪讀若潭盧含切
嬮 好也从女厭聲於鹽切
嬐 敏疾也一曰莊敬皃从女僉聲息廉切
孅 兑細也从女韱聲息廉切
⿰女沾 妗也从女沾聲丑廉切
妗 ⿰女沾妗也一曰善笑皃从女今聲火占切
嬚 不平於心也一曰疑也从女兼聲户兼切 ○
㛚 直項皃从女同聲他孔切
姼 美女也从女多聲尺氏切
⿰女氏 姼或从氏
媞 諦也一曰妍黠也一曰江淮之間謂母曰媞从女是聲承旨切
妓 婦人小物也从女支聲讀若跂行渠綺切
委 委隨也从女从禾臣鉉等曰委曲也取其禾穀垂穗委曲之皃故从禾於詭切
⿱毀女 惡也一曰人皃从女毀聲許委切
姽 閑體行姽姽也从女危聲過委切
婢 女之卑者也从女从卑卑亦聲便俾切
姊 女兄也从女𠂔聲將几切
媄 色好也从女从美美亦聲無鄙切
妣 殁母也从女比聲卑履切
⿰女比 籒文妣省
始 女之初也从女台聲詩止切
妀 女字也从女巳聲居擬切
娓 順也从女尾聲讀若媚無匪切
姁 嫗也从女句聲況羽切
嫵 媚也从女無聲文甫切
⿰女汚 ⿰女汚鹵貪也从女汚聲胡古切
⿰女聿

娣 女弟也从女从弟弟亦聲徒礼切
娭 戲也从女矣聲一曰卑賤名也遏在切
妴 婉也从女夗聲於阮切
婉 順也从女宛聲春秋傳曰太子座婉於阮切
嬾 解也怠也一曰臥也从女賴聲洛旱切
嫸 好枯格入語也一曰靳也从女善聲旨善切
媆 好皃从女耎聲而沇切臣鉉等案切韻又音奴困切今俗作嫩非是
㜻 順也从女𤔔聲詩曰婉兮㜻兮力沇切
孌 慕也从女䜌聲力沇切說文舊於㜻字下重出此字
嬥 直好皃一曰嬈也从女翟聲徒了切
嫋 姌也从女从弱奴鳥切
嬈 女也一曰擾戲弄也一曰嬥也从女堯聲奴鳥切
[illegible] 竦身也从女𥂖聲讀若詩糾糾葛屨居夭切
好 美也从女子徐鍇曰子者男子之美偁會意呼皓切
媼 女老偁也从女𥁕聲讀若奧烏皓切
嫂 兄妻也从女叜聲穌老切
㛤 有所恨也从女𡿺聲今汝南人有所恨曰㛤臣鉉等曰𡿺古囟字非聲當从𡿺省奴皓切
婐 姽也一曰女侍曰婐讀若騧或若委从女果聲孟軻曰舜爲天子二女婐烏果切
姽 婐姽也一曰弱也从女危聲五果切
㛊 量也从女朶聲丁果切
嫷 南楚之外謂好曰嫷从女隋聲臣鉉等曰今俗省作媠唐韻作妥非是徒果切
姐 蜀謂母曰姐淮南謂之社从女且聲茲也切
奼 少女也从女乇聲坼下切
媘 減也从女省聲所景切
婞 很也从女幸聲楚詞曰鯀婞直胡頂

娗 女出病也从女廷聲徒鼎切
⿰女久 女字也从女久聲舉友切
婦 服也从女持帚灑埽也房九切
母 牧也从女象褱子形一曰象乳子也莫后切
娒 女師也从女每聲讀若母莫后切
妵 女字也从女主聲天口切
妊 孕也从女从壬壬亦聲如甚切
⿰女酓 含怒也一曰難知也从女酓聲詩曰碩大且⿰女酓五感切
⿰女參 婪也从女參聲七感切
⿰女陝 不媚前却陝陝也从女陝聲失冉切
姌 弱長皃从女冄聲而琰切
媣 諟也从女染聲而琰切
媕 女有心媕媕也从女奄聲衣檢切
⿰女覃 下志貪頑也从女覃聲讀若深乃忝切



娷 諉也从女垂聲竹恚切
⿰女恚 不說也从女恚聲於避切
⿱執女 至也从女執聲周書曰大命不摯讀若摯同一曰虞書雉摯脂利切
媿 慙也从女鬼聲俱位切
愧 媿或从恥省
媚 說也从女眉聲美祕切
⿰女耳 女號也从女耳聲仍吏切
媦 楚人謂女弟曰媦从女胃聲公羊傳曰楚王之妻媦云貴切
⿰女虘 嬌也从女虘聲將預切
嫗 毋也从女區聲衣遇切
婺 不繇也从女敄聲亡遇切
娶 取婦也从女从取取亦聲七句切
妒 婦妒夫也从女戶聲當故切
婟 嫪也从女固聲胡誤切
媲 妃也从女⿱囟比聲匹計切
嬖 便嬖愛也从女辟聲

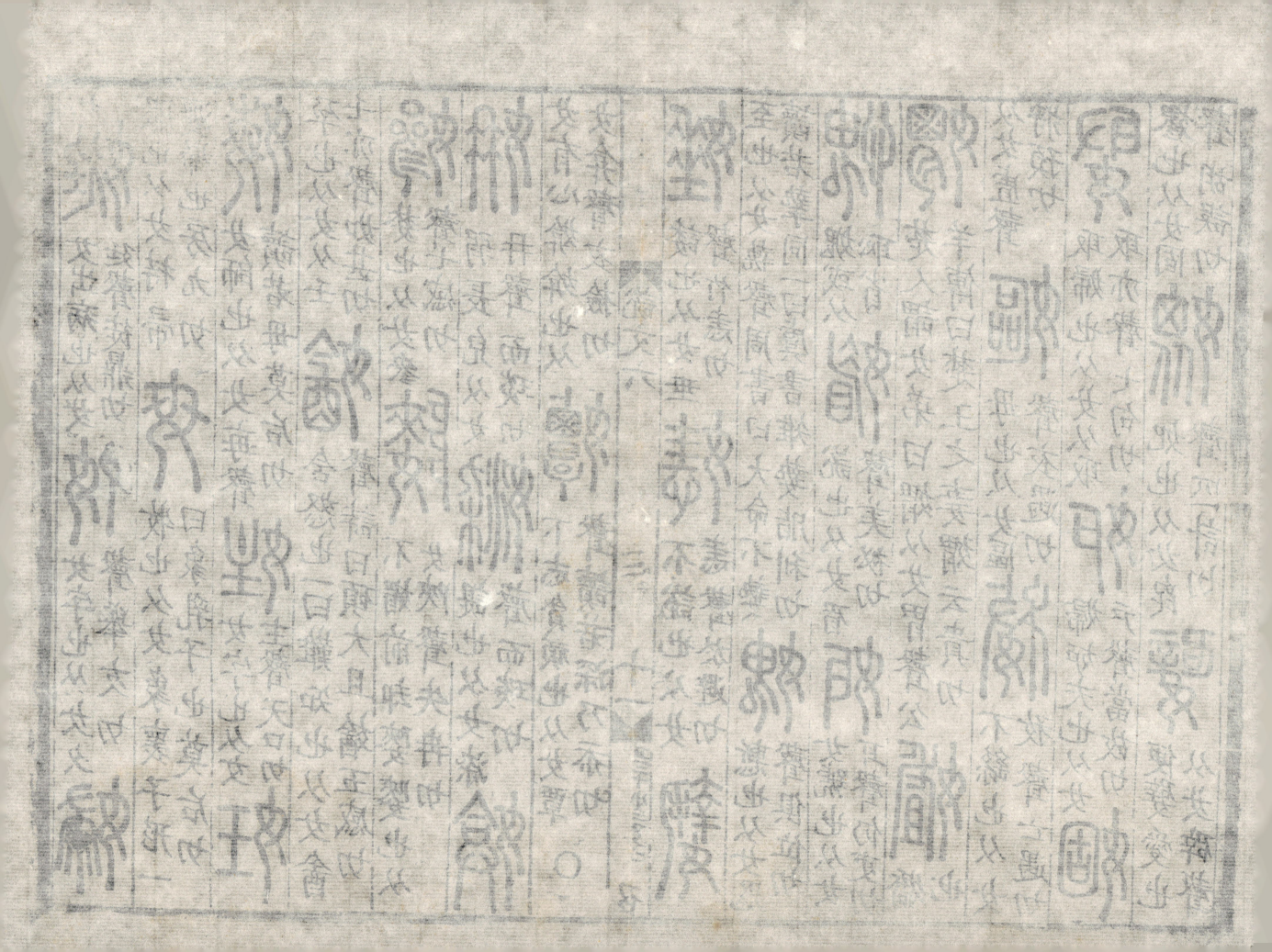

傅計切

**娧** 好也从女兌聲杜外切

**妎** 妒也从女介聲胡蓋切

**嬒** 女黑色也从女會聲詩曰嬒兮蔚兮古外切

**⿱毄女** 難也从女毄聲苦賣切

**妹** 女弟也从女未聲莫佩切

**⿰女冤** 宴婏也从女冤聲於願切

**嫣** 長皃从女焉聲於建切

**嬎** 生子齊均也从女从生免聲芳萬切

**姅** 婦人汙也从女半聲漢律曰見姅變不得侍祠傅慢切

**⿰女𣦼** 三女為⿰女𣦼⿰女𣦼美也从女𣦼省聲倉案切

**⿰女贊** 白好也从女贊聲則旰切

**晏** 安也从女日詩曰以晏父母烏諫切

**嫚** 侮易也从女曼聲謀患切

**姍** 誹也一曰翼便也从女刪省聲所晏切

**㜣** 人姓也从女然聲奴見切

**嬿** 女字也从女燕聲於甸切



**嬗** 緩也从女亶聲一曰傳也時戰切

**媛** 美女也人所援也从女从爰爰引也詩曰邦之媛兮王眷切

**婥** 女病也从女卓聲奴教切

**𡚸** 人姓也从女丑聲商書曰無有作𡚸呼到切

**嫯** 侮易也从女敖聲五到切

**媢** 夫妒婦也从女冒聲一曰相視也莫報切

**嫪** 媢也从女翏聲郎到切

**嫁** 女適人也从女家聲古訝切

**妄** 亂也从女亡聲巫放切

**姎** 女人自偁我也从女央聲烏浪切

**娉** 問也从女甹聲匹正切

**姓** 人所生也古之神聖母感天而生子故稱天子从女从生生亦聲春秋傳曰天子因生以賜姓息正切

**婧** 竦立也从女青聲一曰有才也讀若韭菁七正切

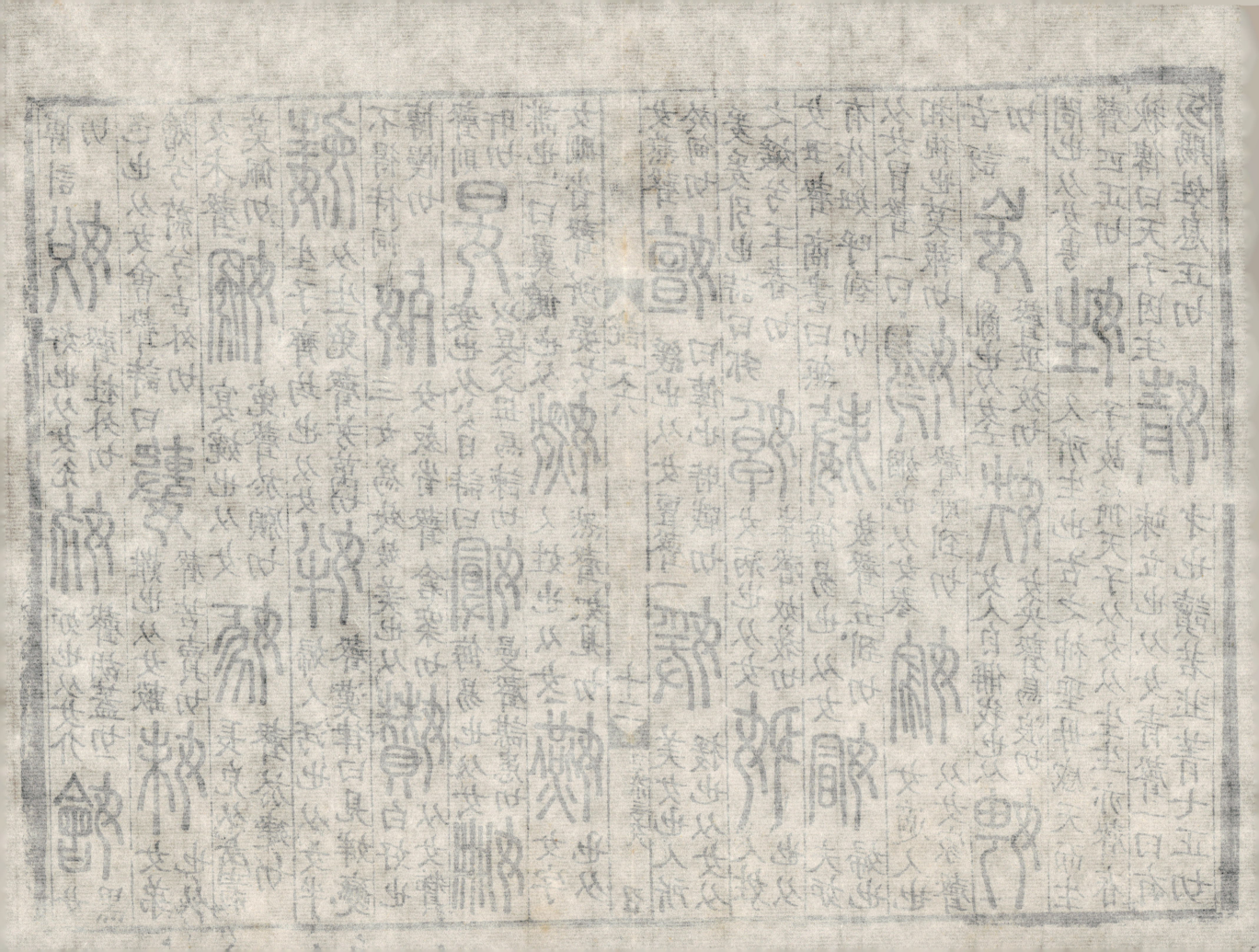

妌 靜也从女井聲疾正切
佞 巧讇高材也从女信省臣鉉等曰女子之信近於佞也乃定切
嬹 說也从女興聲許應切
姷 耦也从女有聲讀若祐于救切
侑 姷或从人
媾 重婚也从女冓聲易曰匪寇婚媾古候切
姤 偶也从女后聲古候切
㜮 過差也从女監聲論語曰小人窮斯㜮矣盧瞰切
㛪 誣挐也从女奄聲依劒切
○嬻 媟嬻也从女賣聲徒谷切
媨 醜也一曰老嫗也从女酋聲讀若蹴七宿切
⿰女畜 媚也从女畜聲丑六切
孎 謹也从女屬聲讀若人不孫爲孎之欲切
娽 隨從也从女彔聲力玉切
娕 謹也从女束聲讀若謹敕數數測角切



姞 黃帝之後百鯈姓后稷妃家也从女吉聲巨乙切
⿰女戉 輕也从女戉聲王伐切
妲 女字妲己紂妃从女旦聲當割切
姡 面醜也从女昏聲古活切
妭 婦人美也从女犮聲蒲撥切
娺 疾悍也从女叕聲讀若唾丁滑切
⿱窡女 短面也从女窡聲丁滑切
姪 兄之女也从女至聲徒結切
妜 鼻目閒皃讀若煙火炔炔从女決省聲於說切
嫳 易使怒也从女敝聲讀若擊擊匹滅切
媟 嬻也从女枼聲私列切
娎 婁娎也从女折聲許列切
娋 小小侵也从女肖聲息約切
妁 酌也斟酌二姓也从女勺聲市勺切
婼 不順也从女若聲春秋傳曰叔孫婼

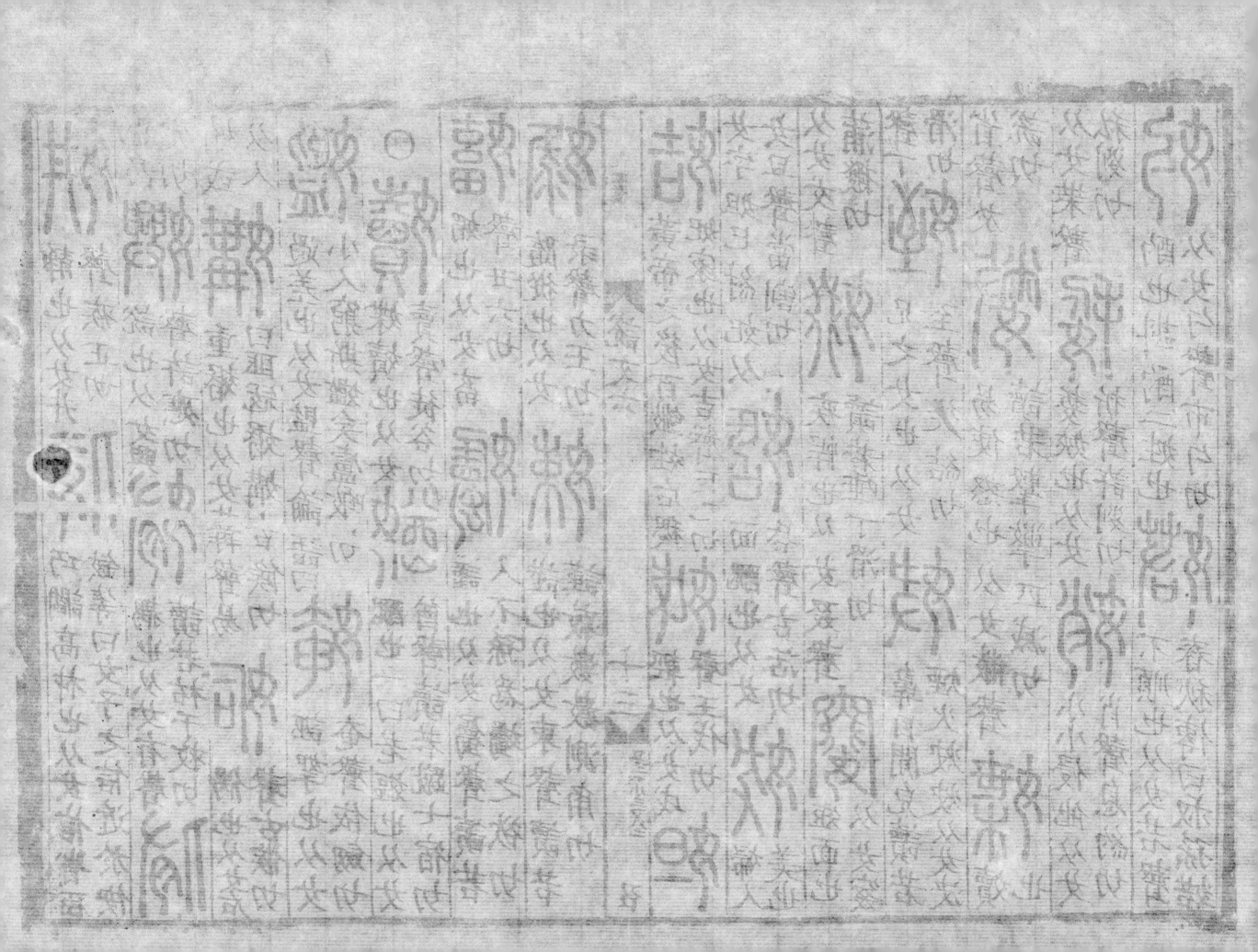

尹略切
嫧 齊也从女責聲側革切
嫿 靜好也从女畫聲呼麥切
嫡 孎也从女啻聲都歷切
妯 動也从女由聲徐鍇曰當从胄省徒歷切
㚤 婦官也从女弋聲與職切
嫼 怒皃从女黑聲呼北切
姶 女字也从女合聲春秋傳曰嬖人婤姶曰無聲烏合切
⿰女沓 侻伏也从女沓聲一曰伏意他合切
婕 女字也从女疌聲子葉切
⿰女占 小弱也一曰女輕薄善走也一曰多技藝也从女占聲或讀若占齒懾切
⿰女臿 疾言失次也从女臿聲讀若懾丑聶切
⿰女夾 得志⿰女夾⿰女夾一曰⿰女夾息也一曰少气也从女夾聲呼帖切
姂 婦人皃从女乏聲房法切



文二百三十八 重十三

文七 新附

四十三 予 推予也象相予之形凡予之屬皆从予 余呂切
舒 伸也从舍从予予亦聲一曰舒緩也傷魚切
○
幻 相詐惑也从反予周書曰無或譸張為幻胡辦切

文三

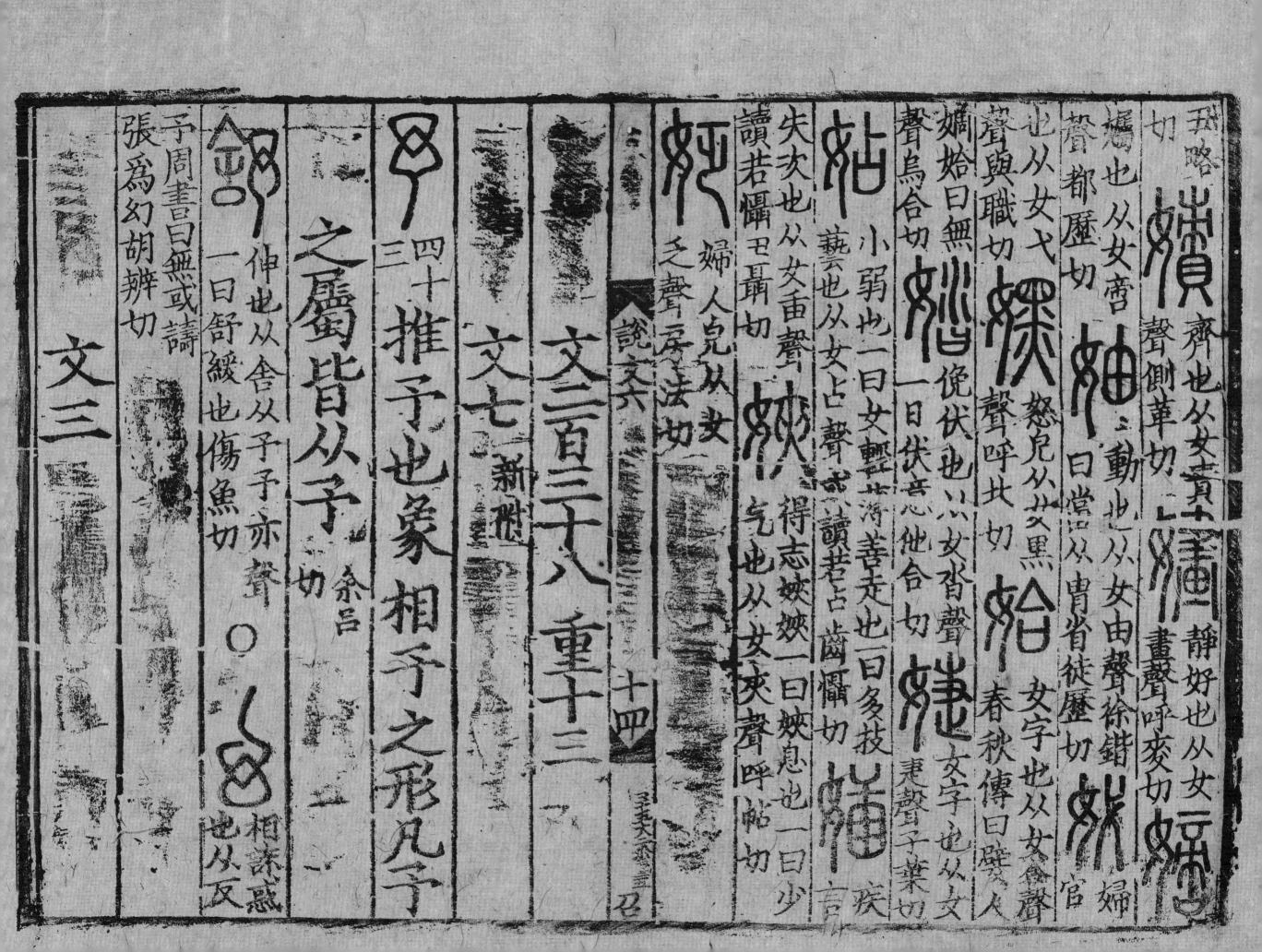

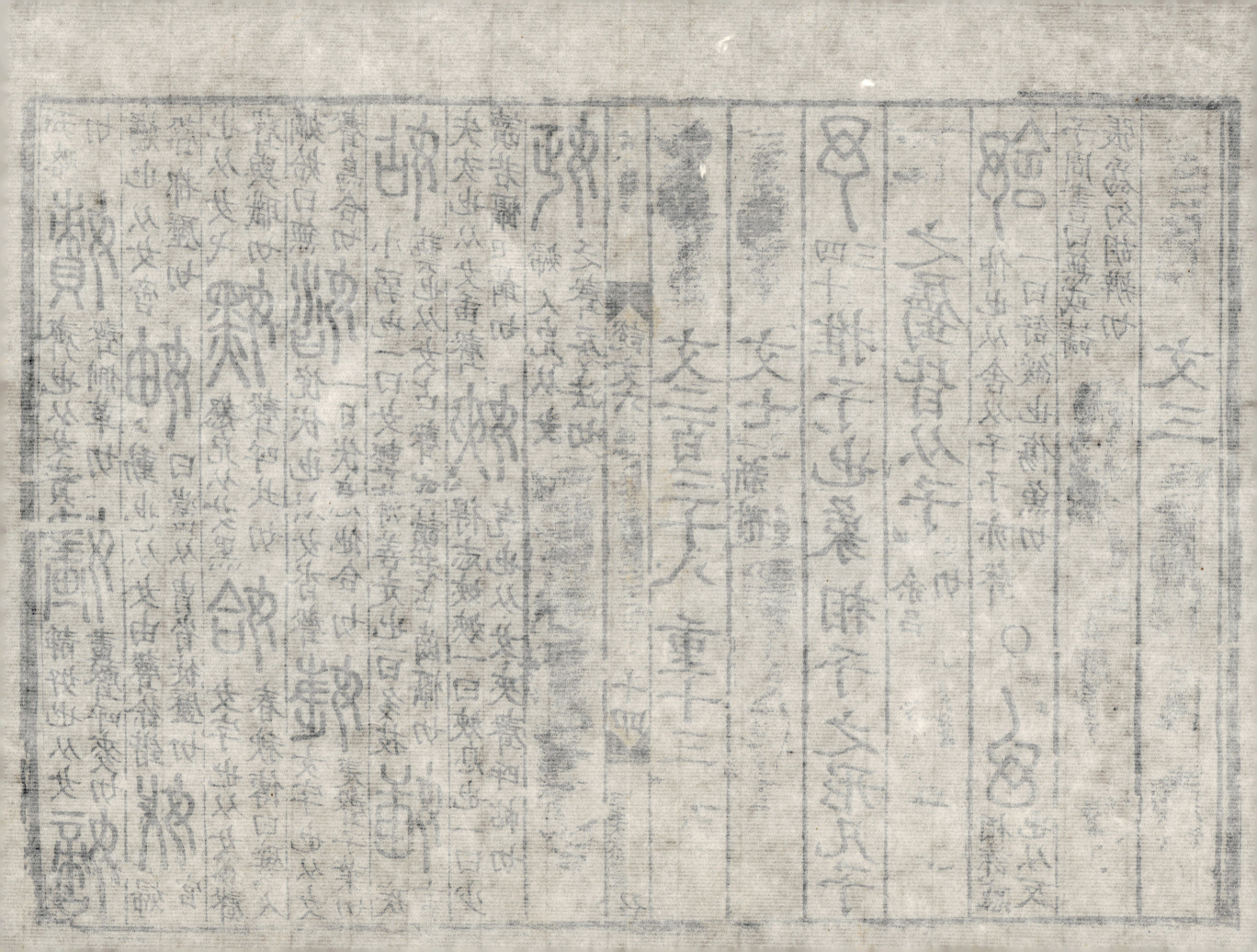

文三 重[illegible]

[illegible]

一曰[illegible]从合[illegible]从千[illegible]〇[illegible]

[illegible]从[illegible]

四十[illegible]

文七 重[illegible]

文三百三十八 重十三

[illegible]

[illegible]从[illegible]女[illegible]

[illegible]一曰[illegible]

[illegible]从女[illegible]

[illegible]

羽 四十四 鳥長毛也象形凡羽之屬皆从羽 王矩切

羾 飛聲从羽工聲戶公切

翁 頸毛也从羽公聲烏紅切

𦐇 飛盛皃从羽之聲侍之切

翬 大飛也从羽軍聲一曰伊雒而南雉五采皆備曰翬詩曰如翬斯飛臣鉉等曰當从揮省許歸切

翑 羽曲也从羽句聲其俱切

翻 飛也从羽番聲或从飛孚袁切

○翩 疾飛也从羽扁聲芳連切

翾 小飛也从羽睘聲許緣切

翹 尾長毛也从羽堯聲渠遙切

翱 翱翔也从羽皋聲五牢切

翔 回飛也从羽羊聲似羊切

𦐓 樂舞以羽翿自翳其首以祀星辰也从羽王聲讀若皇胡光切

翎 羽也从羽令聲郎丁切

翭 羽本也一曰羽初生皃从羽侯聲乎蕭切

○翦 羽生也一曰矢羽从羽前聲即淺切

○翄 翼也从羽支聲施智切

𦐖 翄或从氏

翨 鳥之彊羽猛者从羽是聲居豉切

翠 青羽雀也出鬱林从羽卒聲七醉切

翡 赤羽雀也出鬱林从羽非聲房未切

翥 飛舉也从羽者聲章庶切

翳 華蓋也从羽殹聲於計切

羿 羽之羿風亦古諸侯也一曰射師从羽幵聲五計切

翽 飛聲也从羽歲聲詩曰鳳皇于飛翽翽其羽呼會切

[illegible]

十七

[illegible]

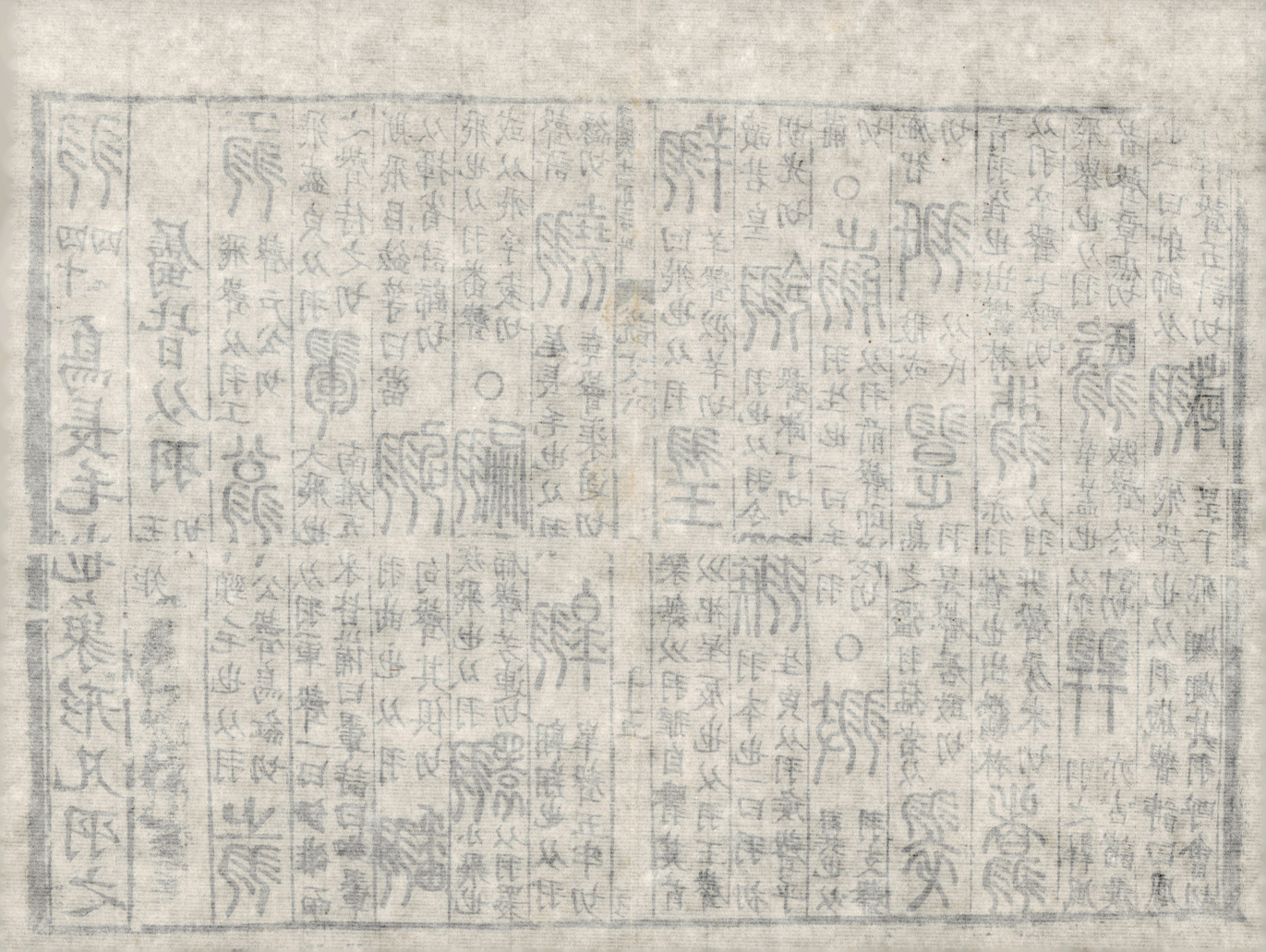

翰 天雞赤羽也从羽倝聲逸周書曰大翰若翬雉一名鷐風周成王時蜀人獻之侯幹切

翿 翳也所以舞也从羽𣪘聲詩曰左執翿徒到切

翏 高飛也从羽从㐱力救切

○

翯 鳥白肥澤皃从羽高聲詩云白鳥翯翯胡角切

翇 樂舞執全羽以祀社稷也从羽犮聲讀若紱分勿切

翮 羽莖也从羽鬲聲下革切

[羽革] 趐也从羽革聲古翮切

翟 山雉尾長者从羽从隹徒歷切

翊 飛皃从羽立聲與職切

翕 起也从羽合聲許及切

𦑊 飛盛皃从羽从冃臣鉉等曰犯冒而飛是盛也土盍切

翜 捷也飛之疾也从羽夾聲讀若濇一曰俠也山洽切

翣 棺羽飾也天子八諸侯六大夫四士二下垂从羽妾聲山洽切



文三十四　重一

文三　新附

雨 四十五 水从雲下也一象天冂象雲水霝其閒也凡雨之屬皆从雨 雨 王矩切

𠕲 古文

霝 小雨也从雨眾聲明堂月令曰霝雨職戎切

𩅖 小雨財雩也从雨鮮聲讀若

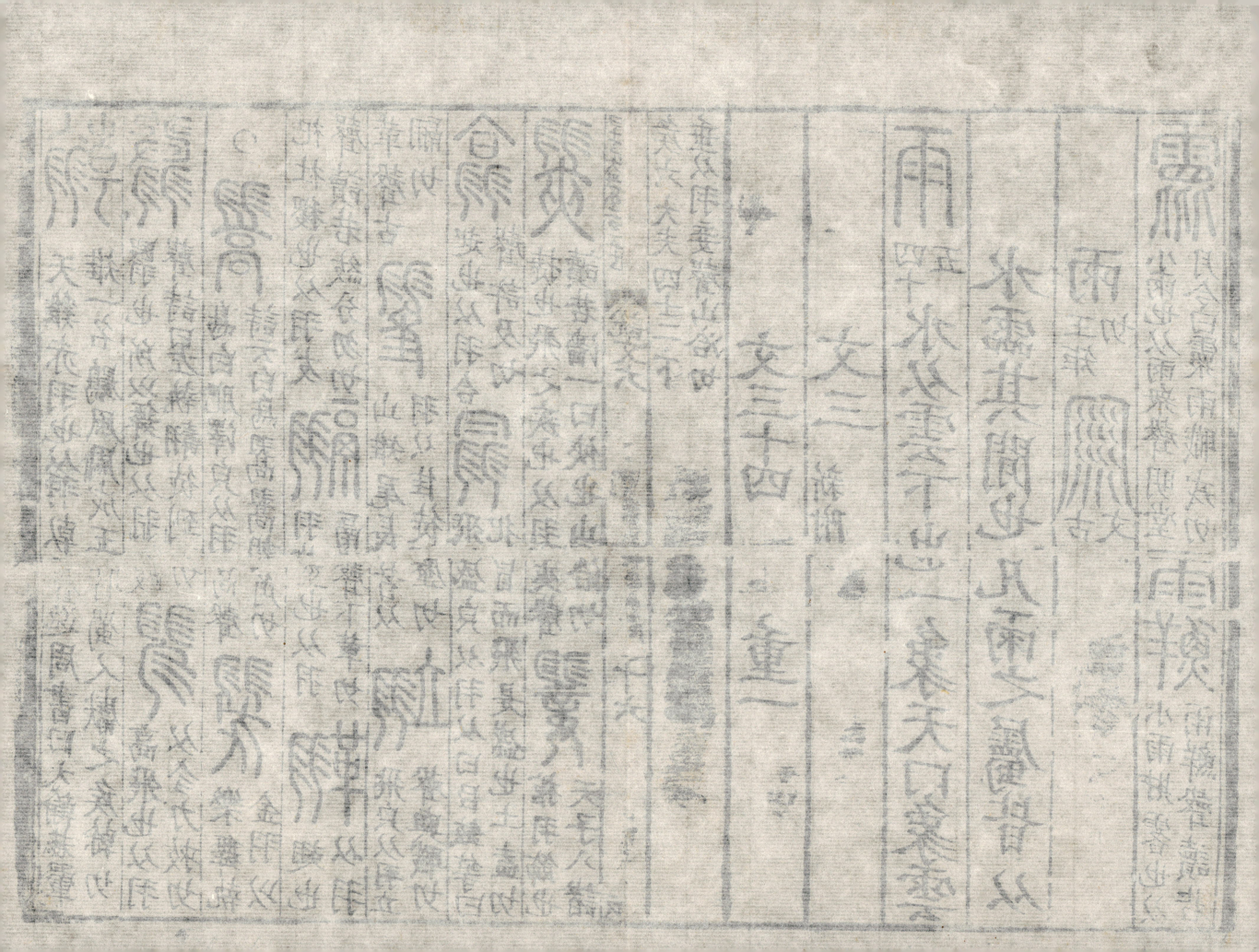

斯息移切

霣 雨聲从雨眞聲讀若資即夷切

霏 雨雲皃从雨非聲芳非切

雩 夏祭樂于赤帝以祈甘雨也从雨于聲羽俱切

⿱羽亏 或从羽雩羽舞也

需 頷也遇雨不進止頷也从雨而聲易曰雲上於天臣鉉等案李陽冰據易雲上於天云當从天然諸本及前作所書皆从而無有从天者相俞切

霋 霽謂之霋从雨妻聲七稽切

霓 屈虹青赤或白色陰气也从雨兒聲五雞切

霾 風雨土也从雨貍聲詩曰終風且霾莫皆切

雷 陰陽薄動靁雨生物者也从雨畾象回轉形魯回切

𩇓 古文靁

䨓 古文靁

𩆗 籀文靁閒有回回靁聲也

⿱雨酸 小雨也从雨酸聲素官切

○

霄 雨霓爲霄从雨肖聲齊語也相邀切

霞 赤雲气也从雨段聲胡加切

霜 喪也成物者从雨相聲所莊切

霆 雷餘聲也鈴鈴所以挺出萬物从雨廷聲特丁切

霝 雨零也从雨吅象零形詩曰霝雨其濛郎丁切

零 餘雨也从雨令聲郎丁切

⿱雨㐺 霖雨也南陽謂霖⿱雨㐺从雨㐺聲銀箴切

霃 久陰也从雨沈聲直深切

霖 雨三日已往从雨林聲力尋切

䨡 久雨也从雨函聲胡男切

⿱雨僉 小雨也从雨僉聲子廉切

⿱雨𢦏 微雨也从雨𢦏聲又讀若芟子廉切

霑 雨⿱雨染也从雨沾聲張廉切

⿱雨兼 久雨也从雨兼聲力鹽切

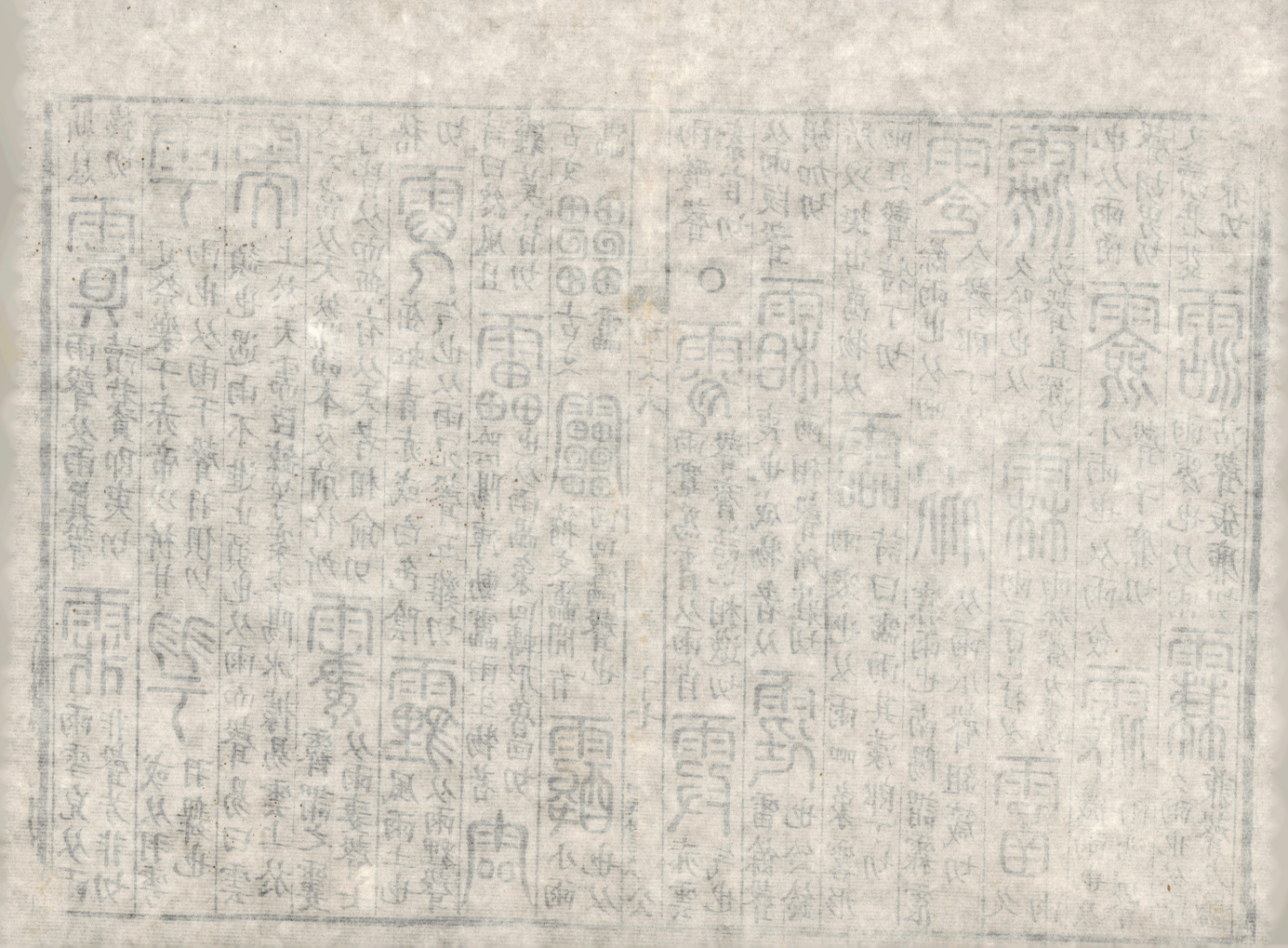

[illegible] 从雨 [illegible]

[illegible] 聲 [illegible] 从雨 [illegible]

零 [illegible] 雨也从雨令聲 郎丁切

霝 [illegible] 从雨 [illegible] 詩曰霝雨其濛 郎丁切

[illegible] 从雨 [illegible] 聲 [illegible] 切

[illegible] 从雨 [illegible] 聲 [illegible] 切

○

雨 [illegible]



[illegible] 古文 [illegible] 籀文靁間有回回靁聲也

[illegible] 从雨 畾象回轉形 [illegible] 物者 [illegible] 切

[illegible] 从雨 [illegible] 聲 [illegible] 切

[illegible] 从雨 [illegible] 聲 [illegible]

[illegible] 从雨 [illegible] 聲 [illegible] 切

[illegible] 从雨員聲 [illegible] 切

[illegible] 从雨 [illegible] 聲 [illegible] 切

切 ○ 䨛 雨皃方語也从雨禹聲讀若禹王矩切 䨚 水音也从

雨羽聲王矩切 霣 雨也齊人謂靁爲霣从雨員聲一曰雲轉起也于敏切 𩃬

古文霣 𩃎 濡也从雨染聲而琰切 ○ 霿 天气下地不應曰霿霿晦

也从雨瞀聲莫弄切 霚 地气發天不應从雨敄聲臣鉉等曰今俗从務亡遇切 雺

籀文省 露 潤澤也从雨路聲洛故切 霽 雨止也从雨齊聲子計切

靄 雲皃从雨藹省聲於蓋切 䨴 黮䨴雲黑皃从雨對聲徒對切

震 劈歷振物者从雨辰聲春秋傳曰震夷伯之廟臣鉉等曰今俗別作霹靂非是




章刃切 𩆿 籀文震 霰 稷雪也从雨散聲穌甸切 霓 霰或

从見 電 陰陽激燿也从雨从申堂練切 𩇓 古文電 霤

屋水流也从雨留聲力救切 屚 屋穿水下也从雨在尸下尸者屋也盧后切 䨢

寒也从雨執聲或曰早霜讀若春秋傳墊阨都念切 ○ 霂 霢霂也从雨沐聲莫卜切

雹 雨冰也从雨包聲蒲角切 𩂣 古文雹 䨮 凝雨說物者从雨彗

聲相絕切 䨕 雨零也从雨各聲盧各切 䨣 雨濡革也从雨从革讀若膊匹

各切 霩 雨止雲罷皃从雨郭聲臣鉉等曰今別作廓非是苦郭切 霢 霢霂

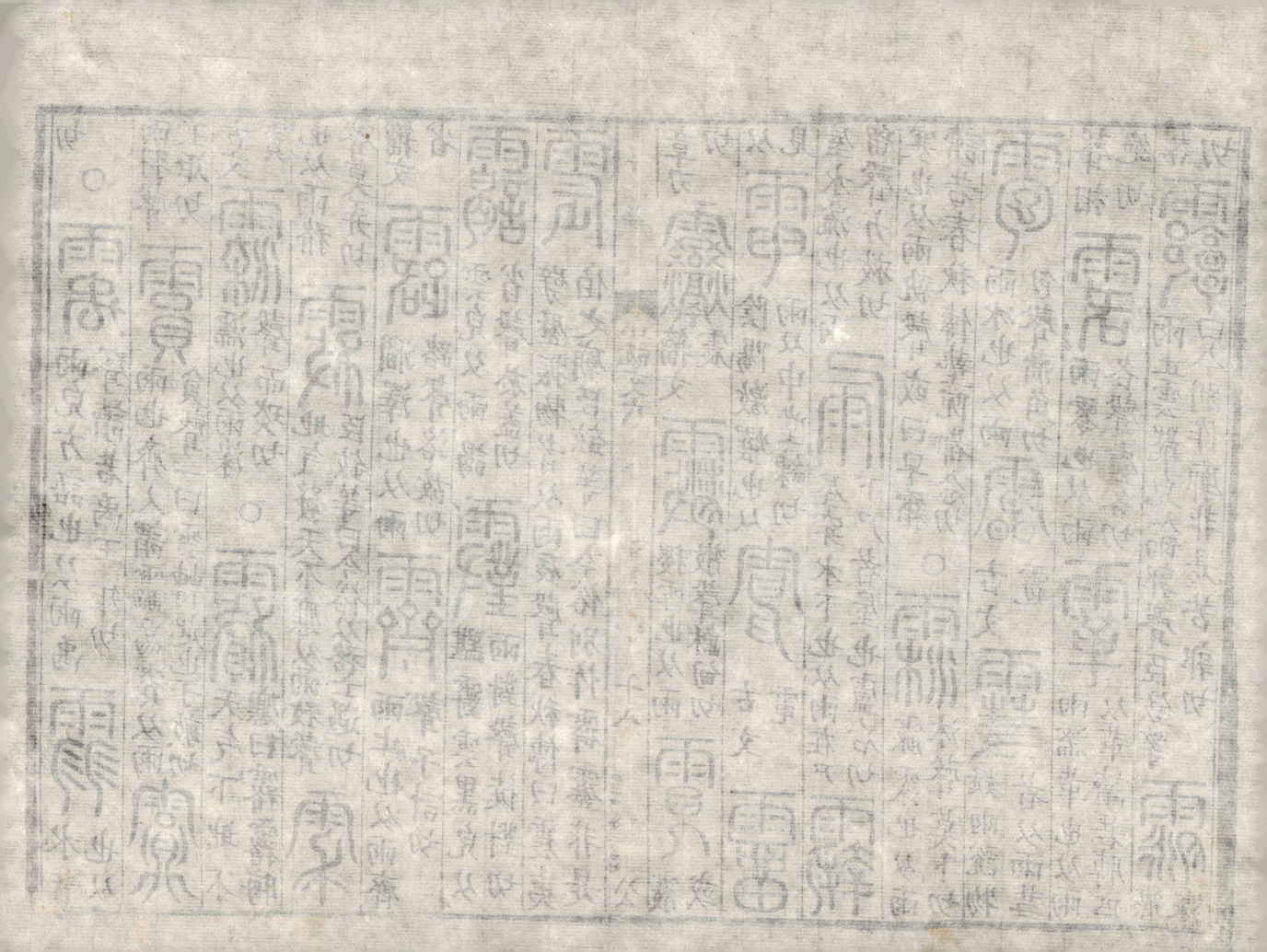

小雨也从雨脈聲莫獲切

霎 小雨也从雨妾聲山洽切

霅 霅霅震電皃一曰眾言也从雨譶省聲丈甲切

文四十六　重十一

文五　新附

丶 四十六 有所絕止丶而識之也凡丶之屬皆从丶 知庾切

主 鐙中火主也从𡈼象形从丶丶亦聲 臣鉉等曰今俗別作炷非是之庾切

咅 相與語唾而不受也从丶从否否亦聲天口切

咅或从豆从欠



文三　重一

土 四十七 地之吐生物者也二象地之下地之中物出形也凡土之屬皆从土 它魯切

堫 種也一曰内其中也从土㚇聲子紅切

封 爵諸侯之土也从之从土从寸寸其制度也公侯百里伯七十里子男五十里 徐鍇曰各之其土也會意府容切

㞷 古文封省

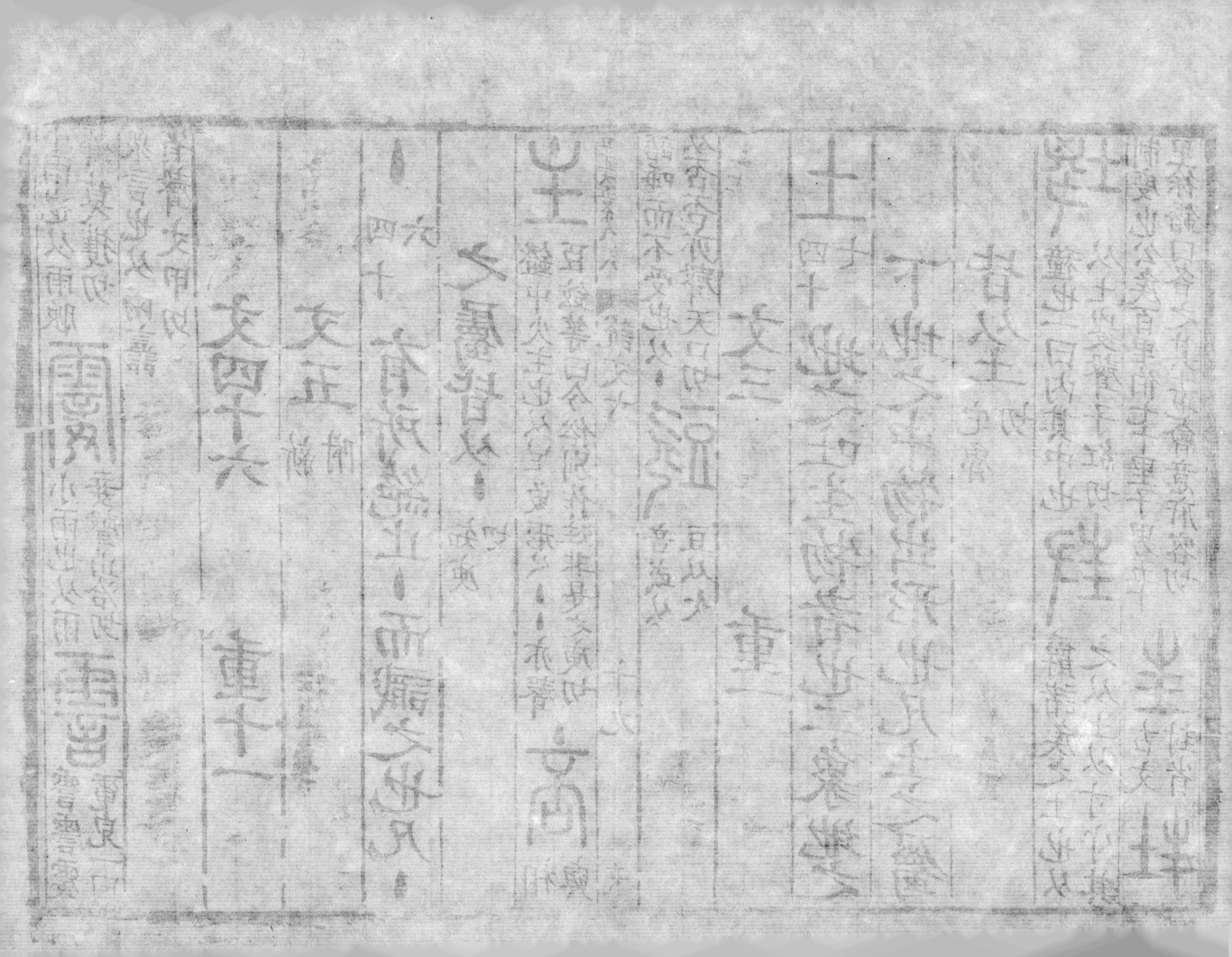

籀文从丰
墉 城垣也从土庸聲余封切 𩫖 古文墉 垂 遠邊也从
土𠂹聲是爲切 埤 增也从土卑聲符支切 垐 以土增大道上从土次聲
疾資切 堲 古文垐从土即虞書曰龍朕堲讒說殄行堲疾惡也 墀 涂地
也从土犀聲禮天子赤墀直尼切 坻 小渚也詩曰宛在水中坻从土氐聲直尼切
汷 坻或从水从夊 ⿰氵耆 坻或从水从耆 塒 雞棲垣爲塒从土時聲市之切
圯 東楚謂橋爲圯从土巳聲與之切 基 牆始也从土其聲居之切
坥 益州部謂螾場曰坥从土且聲七余切 堣 堣夷在冀州暘谷立春日日值之



而出从土禺聲尚書曰宅堣夷噳俱切 塗 泥也从土涂聲同都切 壚
剛土也从土盧聲洛乎切 ⿱殹土 塺埃也从土殹聲烏雞切 圭 瑞玉也上圜下方公執桓
圭九寸矦執信圭伯執躬圭皆七寸子執穀璧男執蒲璧皆五寸以封諸矦从重土楚爵有執
圭古畦切 珪 古文圭从玉 坏 丘再成者也一曰瓦未燒从土不聲芳桮切
培 培敦土田山川也从土咅聲薄回切 垓 兼垓八極地也國語曰天子居九垓
之田从土亥聲古哀切 埃 塵也从土矣聲烏開切 垔 塞也尚書曰鯀垔洪
水从土西聲於眞切 𡋬 古文垔 均 平徧也从土从匀匀亦聲居匀切

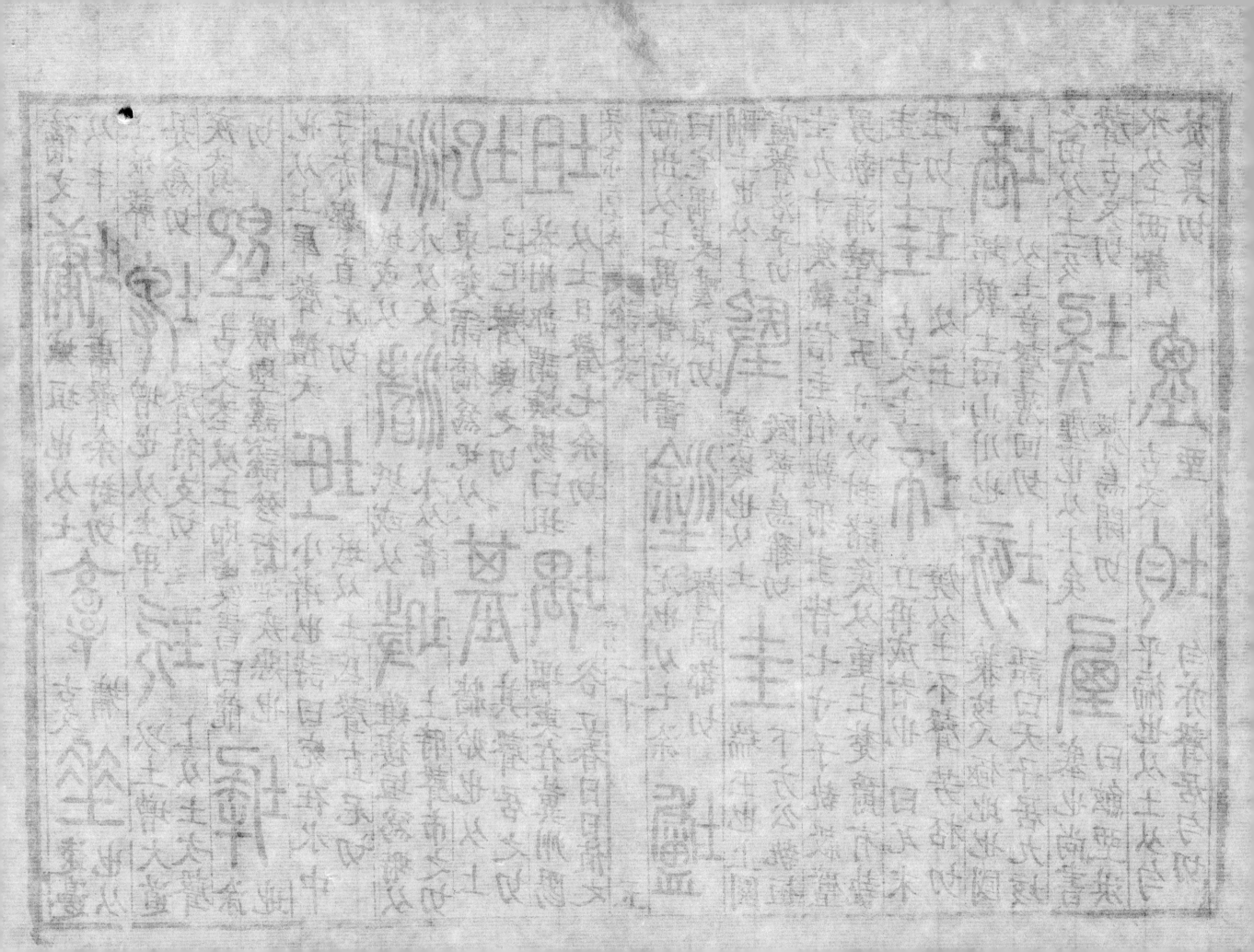

墳 墓也从土賁聲符分切

垠 地垠也一曰岸也从土艮聲語斤切

圻 垠或从斤

垣 牆也从土亘聲雨元切

𩫏 籀文垣从𩫖

壎 樂器也以土為之六孔从土熏聲況袁切

⿰土軍 土也洛陽有大⿱土軍里从土軍聲戶昆切

坤 地也易之卦也从土从申土位在申苦昆切

壇 祭場也从土亶聲徒干切

○塡 塞也从土眞聲陟鄰切今待季切

埏 八方之地也从土延聲以然切

坳 地不平也从土幼聲於交切

墽 磽也从土敫聲口交切

坡 阪也从土皮聲滂禾切

坊 邑里之名从土方聲古通用埅府良切

場 祭神道也一曰田不耕一曰治穀田也从土昜聲直良切

堂 殿也从土尚聲徒郎切

古文堂

𩫖 籀文堂从高省

塘 隄也从土唐聲徒郎切

垶 赤剛土也从土觲省聲息營切

城 以盛民也从土从成成亦聲氏征切

𩫨 籀文城从𩫖

塋 墓也从土熒省聲余傾切

型 鑄器之法也从土刑聲戶經切

塍 稻中畦也从土朕聲食陵切

增 益也从土曾聲作滕切

塿 𡐦土也从土婁聲洛侯切

埐 地也从土㑴聲子林切

堪 地突也从土甚聲口含切

○

壟 丘壠也从土龍聲力踵切

塗 涂也从土涂聲臣鉉等案水部已有此重出力

[illegible]也从土[illegible]聲[illegible]切
[illegible]从土[illegible]聲[illegible]切 ○

[illegible]也从土[illegible]聲[illegible]切
[illegible]也从土[illegible]聲[illegible]切 ○

堪 地突也从土甚聲口含切
[illegible]从土[illegible]聲[illegible]切

增 益也从土曾聲作滕切
[illegible]增也从土[illegible]聲[illegible]切

[illegible]从土[illegible]聲[illegible]切
[illegible]从土[illegible]文[illegible]

[illegible]从土[illegible]聲[illegible]切
[illegible]从土[illegible]聲[illegible]切

[illegible]也从土[illegible]聲[illegible]切
[illegible]从土[illegible]聲[illegible]切

[illegible]也从土[illegible]聲[illegible]切
[illegible]从土[illegible]聲[illegible]切

[illegible]也从土[illegible]聲[illegible]切 ○

[illegible]从土[illegible]聲[illegible]切
[illegible]从土[illegible]聲[illegible]切

壇 祭場也从土亶聲徒干切
垣 牆也从土亘聲雨元切
[illegible]从土[illegible]聲[illegible]切

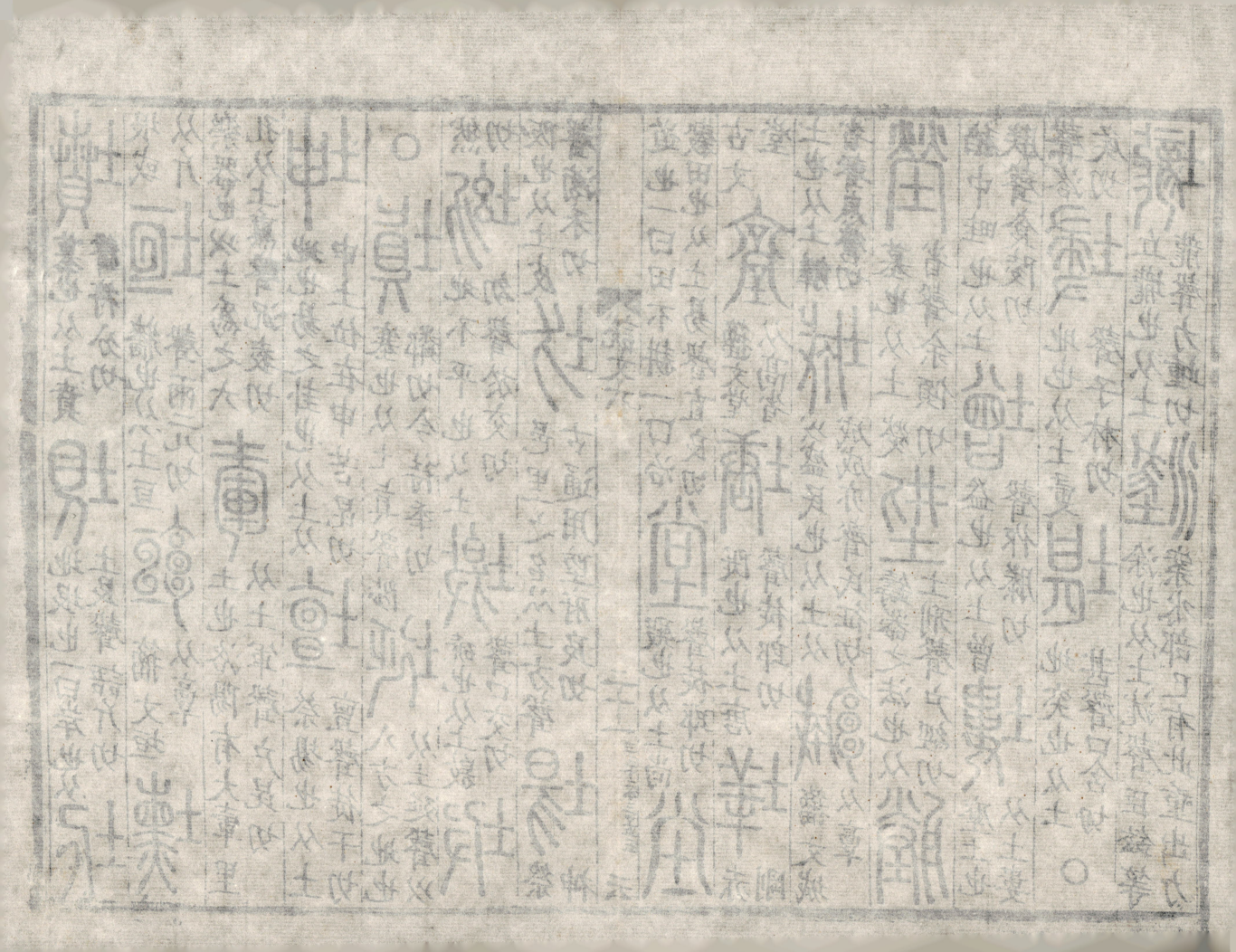

⿰山韋切
坻 箸也从土氏聲諸氏切
垑 恃也从土多聲尺氏切
璽 王者印也所以主土从土爾聲斯氏切
壐 籀文从玉
毀 缺也从土毇省聲許委切
𣪫 古文毀从手
垝 毀垣也从土危聲詩曰乘彼垝垣過委切
陒 垝或从𨸏
壘 軍壁也从土畾聲力委切
圮 毀也虞書曰方命圮族从土己聲符鄙切
𤮼 圮或从手从非配省聲
堵 垣也五版爲一堵从土者聲當古切
𩫨 籀文从𩫖
堤 滯也从土是聲丁礼切
塏 高燥也从土豈聲苦亥切
埻 射臬也从土𦎫聲讀若準之允切
坋 塵也从土分聲一曰大防也房吻切



墾 耕也从土豤聲康很切
坦 安也从土旦聲他但切
垷 涂也从土見聲胡典切
埍 徒隷所居也一曰女牢一曰亭部从土肙聲古泫切
墠 野土也从土單聲常衍切
⿰土尞 周垣也从土尞聲力沼切
垗 畔也爲四時界祭其中周禮曰垗五帝於四郊从土兆聲治小切
埽 棄也从土从帚穌老切
⿰土𩫖 保也高土也从土𩫖聲讀若毒都皓切
坷 坎坷也梁國寧陵有坷亭从土可聲康我切
塺 塵也从土麻聲亡果切
垜 堂塾也从土朶聲丁果切
埵 堅土也从土埀聲讀若朶丁果切
壤 柔土也从土襄聲如兩切
塿

切**□**埒或从𨸏**墇**擁也从土章聲之亮切**坱**塵埃也从土央

聲於亮切**壙**塹穴也一曰大也从土廣聲苦謗切**坪**地平也从土从平平亦聲皮命切

**堋**喪葬下土也从土朋聲春秋傳曰朝而堋禮謂之封周官謂之窆虞書曰堋淫于家方鄧切

**塹**阬也一曰大也从土斬聲七豔切**坫**屏也从土占聲都念切**墊**下也春秋傳曰

墊隘从土執聲都念切○**坶**朝歌南七十里地周書武王與紂戰于坶野从土母聲莫六

切**埱**气出土也一曰始也从土叔聲昌六切**塾**門側堂也从土孰聲殊六切

**坴**土塊坴坴也从土圥聲讀若逐一曰坴梁力竹切**墺**四方土可居也从土奧



聲於六切**𡋯**古文墺**墧**堅不可拔也从土喬聲苦角切**墣**

塊也从土菐聲匹角切**圤**墣或从卜**圪**牆高皃詩曰崇墉圪圪从土气聲魚

迄切**堀**兔堀也从土屈聲苦骨切**圣**汝潁之閒謂致力於地曰圣从土从又

讀若兔窟苦骨切**堀**突也詩曰蜉蝣堀閱从土屈省聲苦骨切**坺**治也

一曰臿土謂之坺詩曰武王載坺一曰塵皃从土犮聲蒲撥切**㙐**囟突出也从土𧴪聲胡八

切**垤**螘封也詩曰鸛鳴于垤从土至聲徒結切**埒**卑垣也从土寽聲力輟切

**堨**壁間隙也从土曷聲讀若謁魚列切**堊**白涂也从土亞聲烏各切**墀**

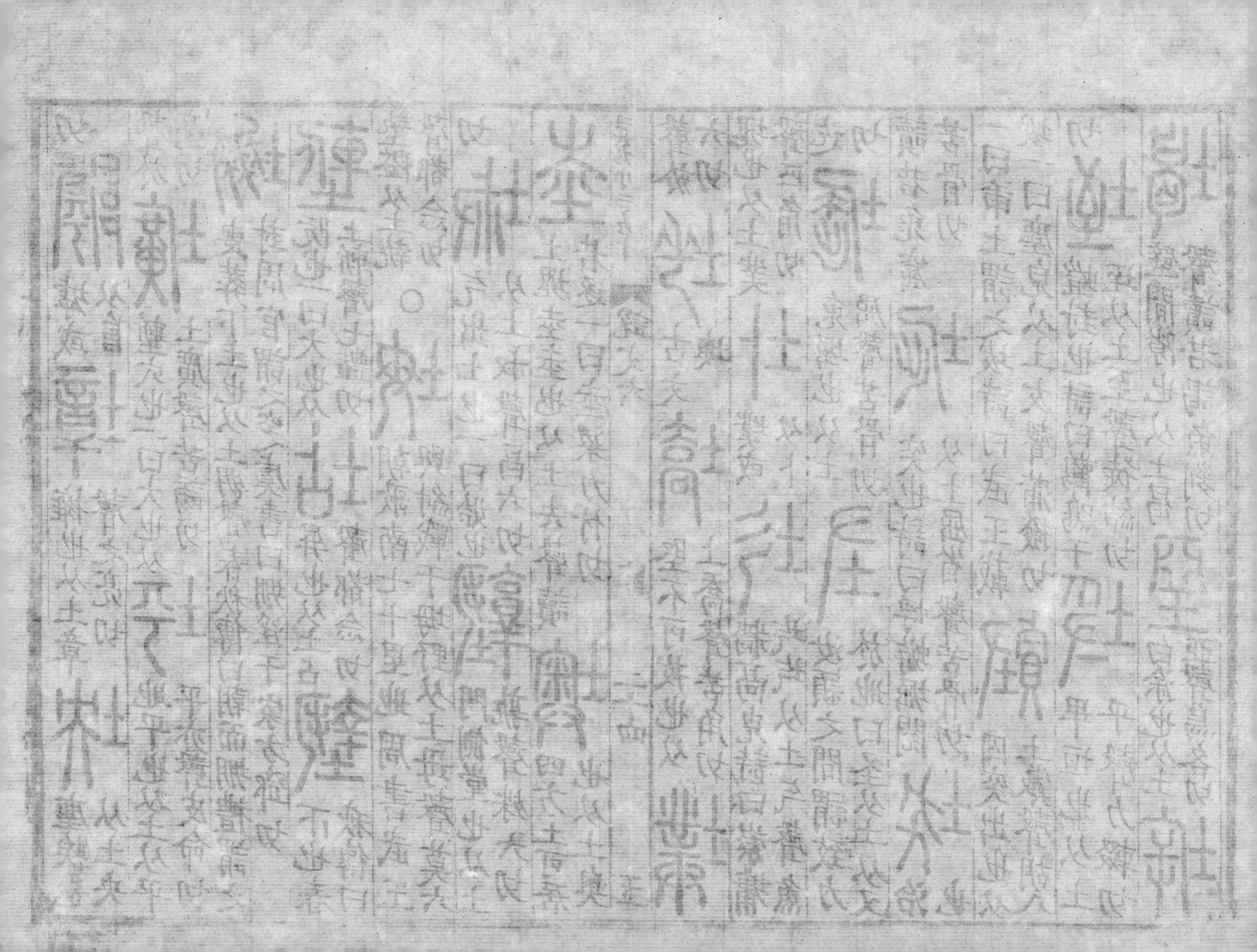

坼 裂也詩曰不坼不疈从土㡿聲丑格切
垎 水乾也一曰堅也从土各聲胡格切
埸 疆也从土昜聲羊益切
坄 陶竈窻也从土役省聲營隻切
壁 垣也从土辟聲比激切
塓 塗也从土冥聲莫狄切
墼 瓴適也一曰未燒也从土毄聲古歷切
埴 黏土也从土直聲常職切
[土則] 遏遮也从土則聲初力切
堛 凷也从土畐聲芳逼切
墨 書墨也从土从黑黑亦聲莫北切
[土㬎] 下入也从土㬎聲敕立切
塔 西域浮屠也从土荅聲土盍切
堞 城上女垣也从土葉聲徒叶切
壓 壞也一曰塞補从土厭聲烏狎切




文一百三十一 重二十六

文十三 新附

鹵 四十八 西方鹹地也从西省象鹽形安定有鹵縣東方謂之㡿西方謂之鹵凡鹵之屬皆从鹵郎古切

鹺 鹹也从鹵差省聲河內謂之鹺沛人言若虘昨何切

鹹 銜也北方味也从鹵

[illegible] 亦人言[illegible] [illegible]也从人从囟[illegible]

[illegible]

[illegible]

[illegible]東[illegible]

[illegible]西[illegible]

文十三 新附

文百三十一 重二十六

[illegible]

[illegible]

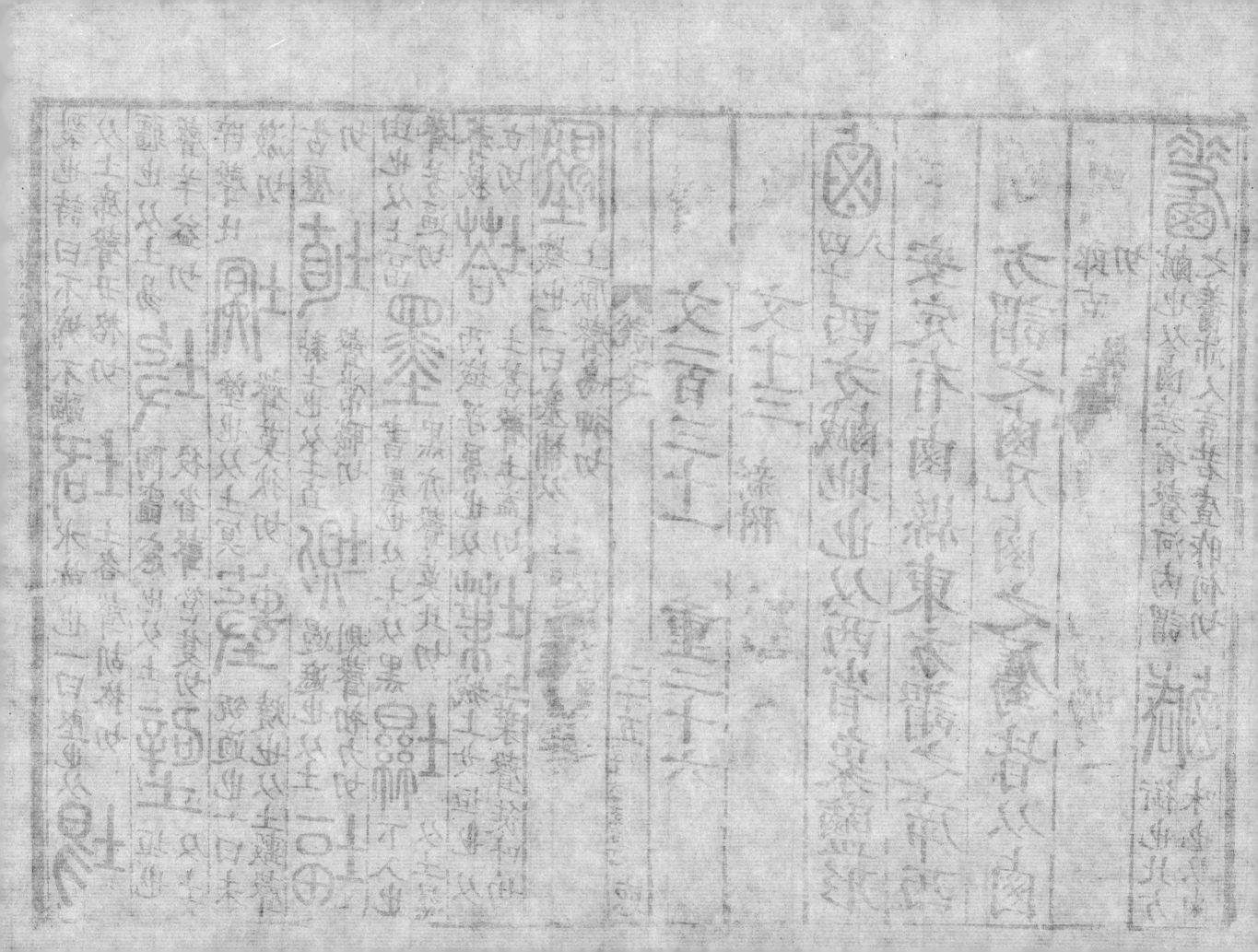

咸聲胡毚切

文三

虎 山獸之君从虍虎足象人足 四十九
象形凡虎之屬皆从虎 呼古切

古文虎 亦古文虎

虒 委虒虎之有角者也从虎厂聲息移切

䖘 楚人謂虎爲烏䖘从虎兔聲同都切

虎聲也从虎斤聲語斤切

虦 虎竊毛謂之虦苗从虎戔聲竊淺也昨閑切

○



虓 虎鳴也一曰師子从虎九聲許交切

黑虎也从虎騰聲徒登切

彪 虎文也从虎彡象其文也甫州切

○

虎皃从虎又聲魚廢切

虣 虐也急也从虎从武見周禮薄報切

䖑屬从虎去聲臣鉉等曰去非聲未詳呼濫切

○

虪 黑虎也从虎儵聲式竹切

虎皃从虎乞聲魚迄切

虢 虎所攫畫明文也从虎寽聲古伯切

虩 易履虎尾虩虩恐懼一曰蠅虎也从虎㡿聲許隙切

虎聲也从虎㲉聲讀若隔古覈切

白虎也从虎昔省聲讀若冪莫狄切

[illegible]

○ [illegible]

穿地也 [illegible] 一曰小鼠聲 [illegible] 周禮曰大喪甫竁 [illegible]

○ [illegible]

[illegible] 葬下棺也 [illegible] 周禮曰及窆執斧 [illegible]

[illegible]

文二

[illegible]

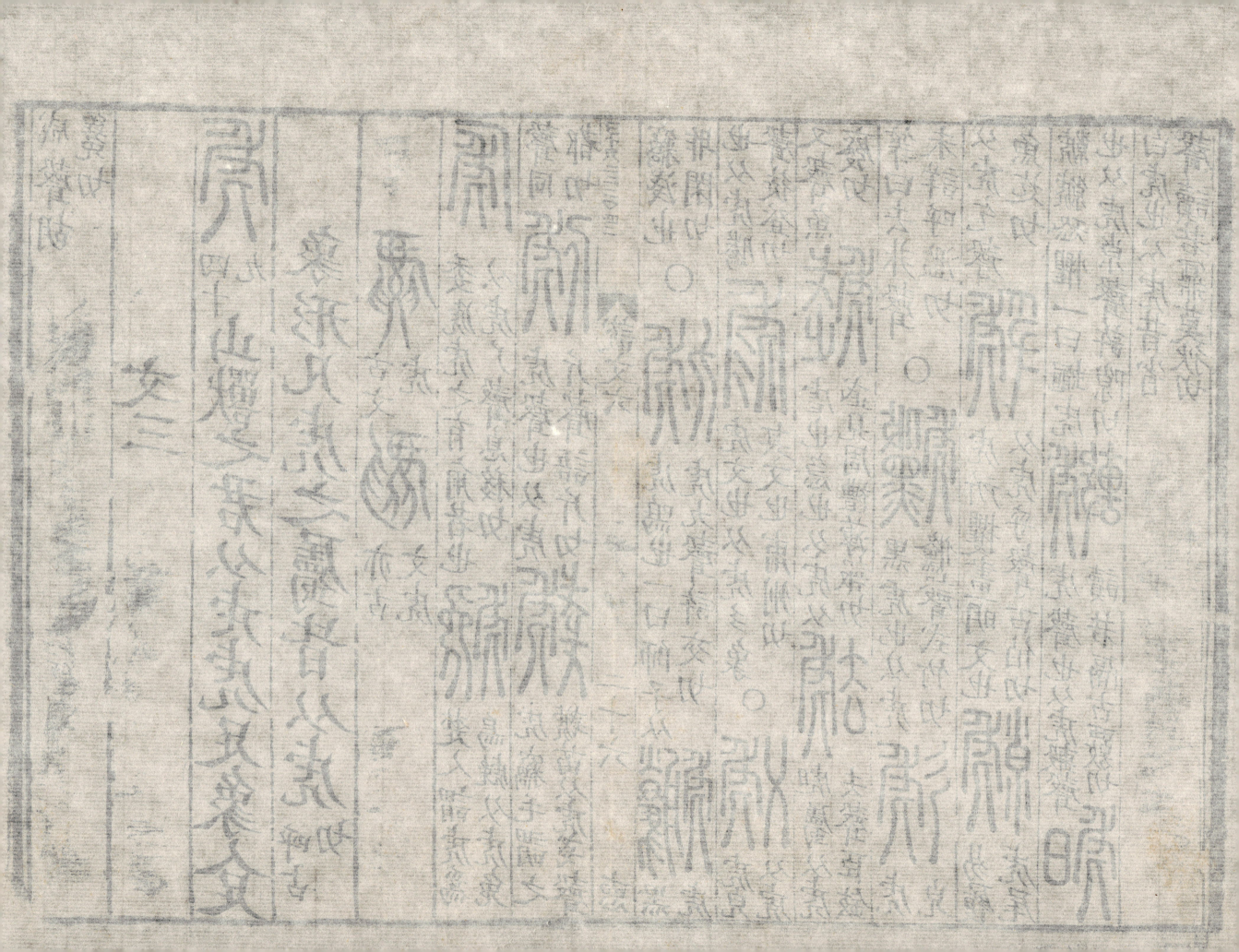

文十五　重三

文二　新附

古　五十　故也从十口識前言者也凡古之屬皆从古　臣鉉等曰十口所傳是前言也公户切

𠖠　古文古

嘏　大遠也从古叚聲古雅切

文二　重一



鼓　五十一　郭也春分之音萬物郭皮甲而出故謂之鼓从壴支象其手擊之也周禮六鼓靁鼓八面靈鼓六面路鼓四面鼖鼓皐鼓晉鼓皆兩面凡鼓之屬皆从鼓　徐鍇曰郭者覆冒之意工户切

𡔷　籒文鼓从古聲

𪔵　鼓聲也从鼓隆聲徒冬切

鼙　騎鼓也从鼓卑聲部迷切

鼖

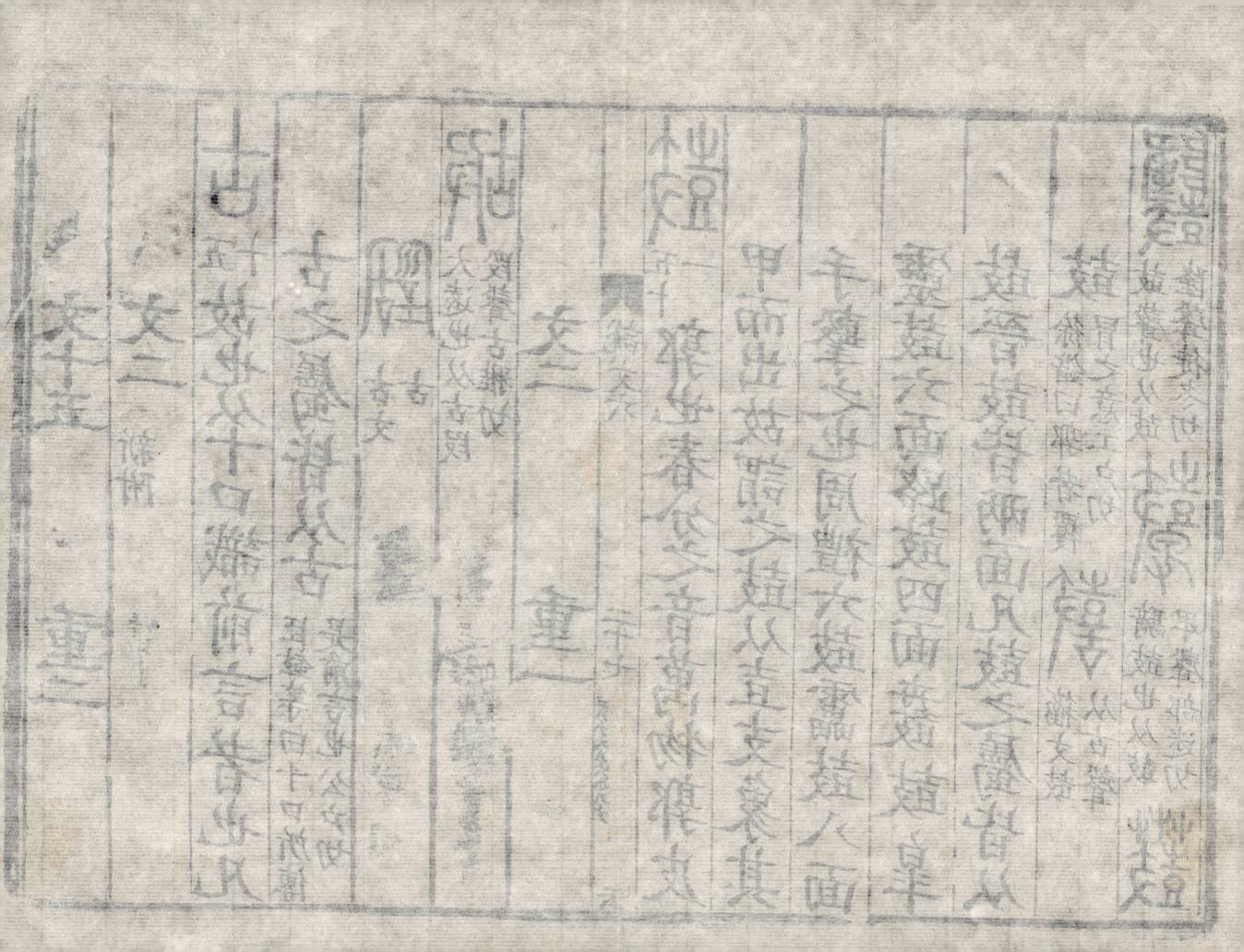

大鼓謂之鼖鼖八尺而兩面以鼓軍事从鼓賁省聲符分切 ⿰革賁 鼖或从革賁不省 ○

鼘 鼓聲也从鼓淵聲詩曰鼗鼓鼘鼘烏玄切

鼛 大鼓也从鼓咎聲詩曰鼛鼓不勝古勞切

鼞 鼓聲也从鼓堂聲詩曰擊鼓其鼞土郎切 ○

𪔵 鼓聲也从鼓合聲徒合切 鞈 古文𪔵从革

𪔳 鼓鼙聲从鼓缶聲土盍切

𪔮 鼓無聲也从鼓咠聲他叶切

文十 重三

五十二 兆 廱蔽也从人象左右皆蔽形凡兆之屬皆从兆讀若瞽 公戶切

兜 兜鍪首鎧也从兆从皃省皃象人頭也當矦切

文二

五十三 戶 護也半門曰戶象形凡戶之屬皆从戶 矦古切 戹 古文戶从木

扉 戶扇也从戶非聲甫微切 ○

房 室在旁也从戶方聲符方切

扃 外閉之關也从戶冋聲古熒切 ○

扆 戶牖之間謂之扆从戶衣

太半斗舂爲米一斛曰糲从米萬聲洛帶切

粺 毇也从米卑聲旁卦切

粲 稻重一䄷爲粟二十斗爲米十斗曰毇爲米六斗太半斗曰粲从米奴聲倉案切

䊮 穀也从米翟聲他弔切

䊳 碎也从米靡聲摸臥切

○

𥻢 酒母也从米𥩯省聲駈六切

𪌮 𥻢或从麥鞠省聲

⿰米焦 早取穀也从米焦聲一曰小側角切

⿰米殺 𥽕𣪠散之也从米殺聲桑割切

⿰米蔑 𣪠也从米蔑聲莫撥切

⿰米悉 𣪠也从米悉聲私列切

竊 盜自中出曰竊从穴从米禼廿皆聲廿古文疾禼古文偰千結切

糱 牙米也从米辥聲魚列切

粕 糟粕酒滓也从





米白聲匹各切

糪 炊米者謂之糪从米辟聲博厄切

釋 漬米也从米睪聲施隻切

粒 糂也从米立聲力入切

𥹉 古文粒

文三十六　重七

文六　新附

氐 五十七 至也从氏下箸一一地也凡氐之屬皆从氐丁礼切

𢪂 臥也从氐垔聲於進切

𣱾 闕臣鉉等按今篇韻音皓又音效注云誤也

[illegible] 願詞也 [illegible] 丁切 [illegible]

[illegible]

[illegible] 下聲 [illegible] 也 [illegible]

文六 新附

文三十六 重[illegible]

[illegible] 也从 [illegible] 古文

[illegible] 从米 [illegible] 聲 [illegible]

[illegible] 十

[illegible] 也从米 [illegible] 聲 [illegible]

[illegible] 从米 [illegible] 聲 [illegible]

[illegible] 从米 [illegible] 聲 [illegible] 酒 [illegible]

[illegible] 也从米 [illegible] 聲 [illegible]

[illegible] 稻重一䄷爲粟二十斗爲米十斗曰毇爲米六斗大半斗曰 [illegible] ○

[illegible] 从米 [illegible] 聲 [illegible]

[illegible] 粟重一 [illegible] 爲十六斗大半斗舂爲米一斛曰 [illegible] 从米 [illegible] 聲 [illegible]

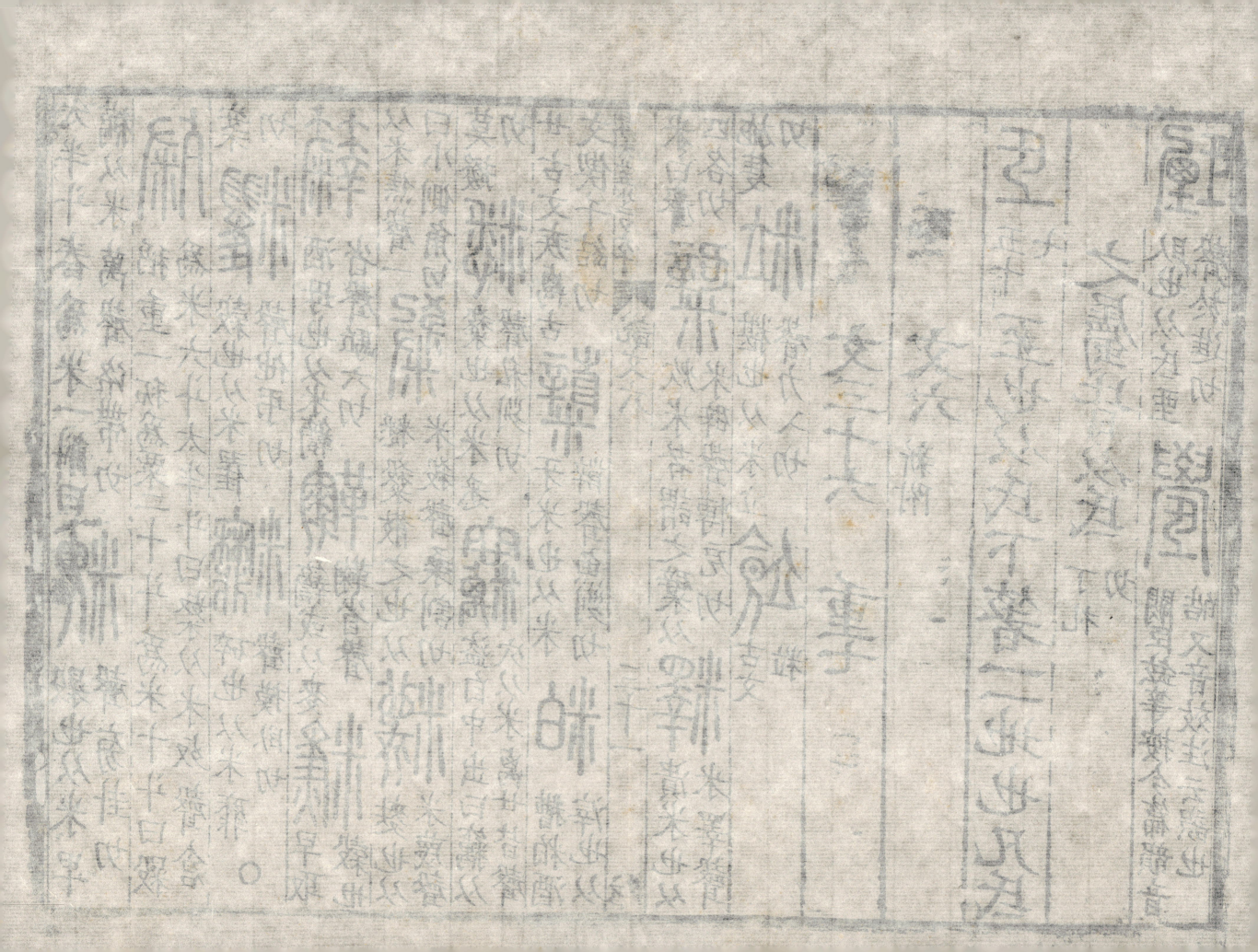

○[illegible]觸也从氐失聲徒結切

文四

豊 五十八 行禮之器也从豆象形凡豊之屬皆从豊讀與禮同盧啓切

豑 爵之次弟也从豊从弟虞書曰平豑東作直質切

文二



匸 五十九 衺徯有所俠藏也从乚上有一覆之凡匸之屬皆从匸讀與傒同胡礼切

區 踦區藏匿也从品在匸中品衆也豈俱切

○匿 亡也从匸若聲讀如羊騶箠女力切

匽 匿也从匸晏聲於蹇切

医 盛弓弩矢器也从匸从矢國語曰兵不解医於計切

○㔷 側逃也从匸丙聲一曰箕屬臣鉉等曰丙非聲義當从内會意疑傳寫之誤盧候切

○匹 四丈也从八匸八揲一匹八亦聲普吉切

文七

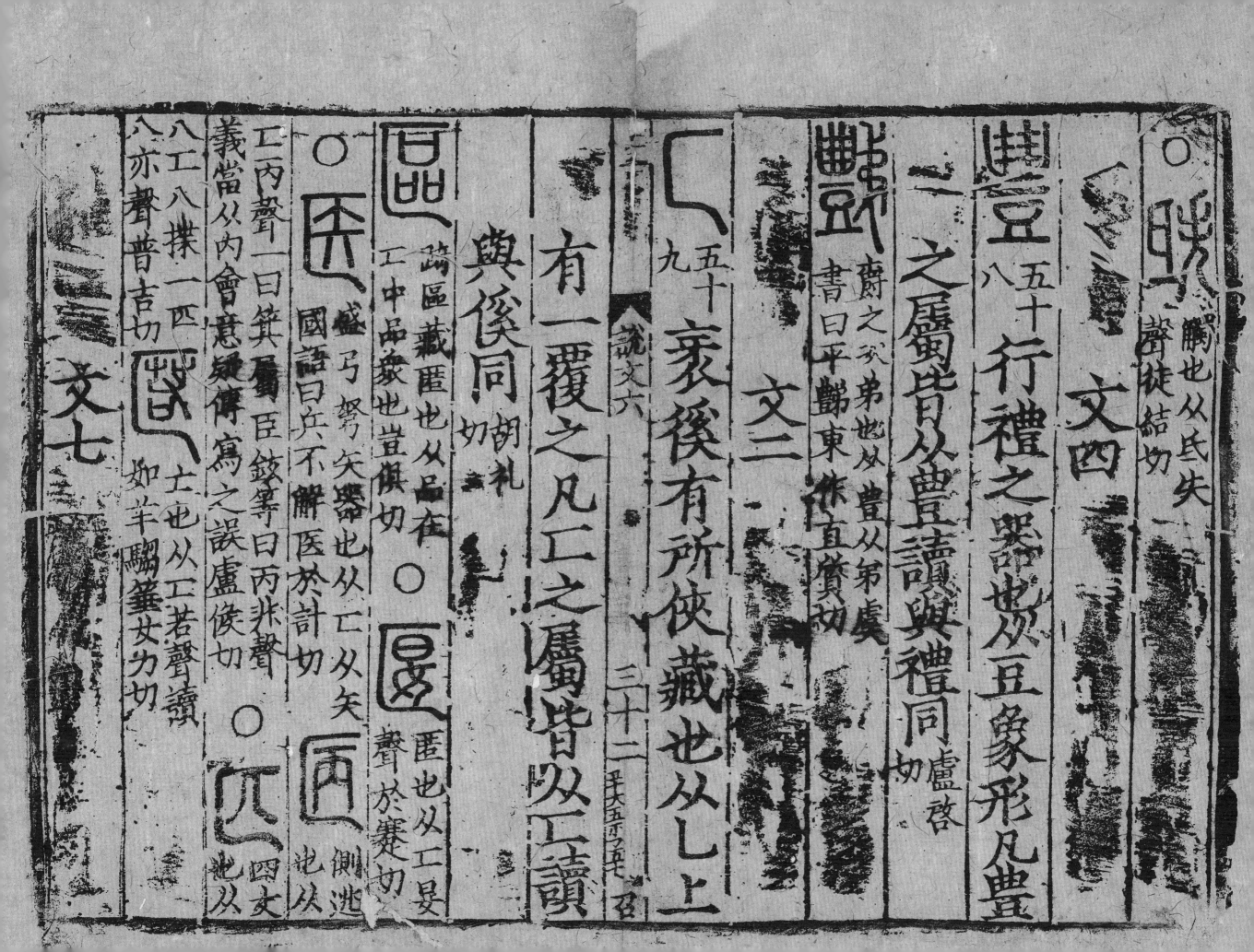

[illegible]

[illegible]文十[illegible]

入亦聲[illegible]一曰[illegible]

[illegible]

○[illegible]

[illegible]

○[illegible]

[illegible]

[illegible]

[illegible]文[illegible]

文三[illegible]

豑 爵之次弟也从豊从弟 虞書曰平豑東作 直質切

一曰鄉飲酒有豐侯者凡豐之屬皆从豐[illegible]

豐 [illegible]豐之豐滿者也从豆象形[illegible]

[illegible]文四[illegible]

○䖒 古陶器也从豆虍聲[illegible]

【廌】六十 解廌獸也似山牛一角古者決訟令觸不直象形从豸省凡廌之屬皆从廌 宅買切

【薦】獸之所食艸从廌从艸古者神人以廌遺黃帝帝曰何食何處曰食薦夏處水澤冬處松柏 作甸切

【𧤗】解廌屬从廌孝聲闕 古孝切

○【灋】刑也平之如水从水廌所以觸不直者去之从去 方乏切

【法】今文省

【㳒】古文

文四 重二

【亥】六十一 荄也十月微陽起接盛陰从二二古文上字一人男一人女也从乙象褭子咳咳之形春秋傳曰亥有二首六身凡亥之屬皆从亥 胡改切

【𠀅】古文亥為豕與豕同亥而生子復從一起

文一 重一

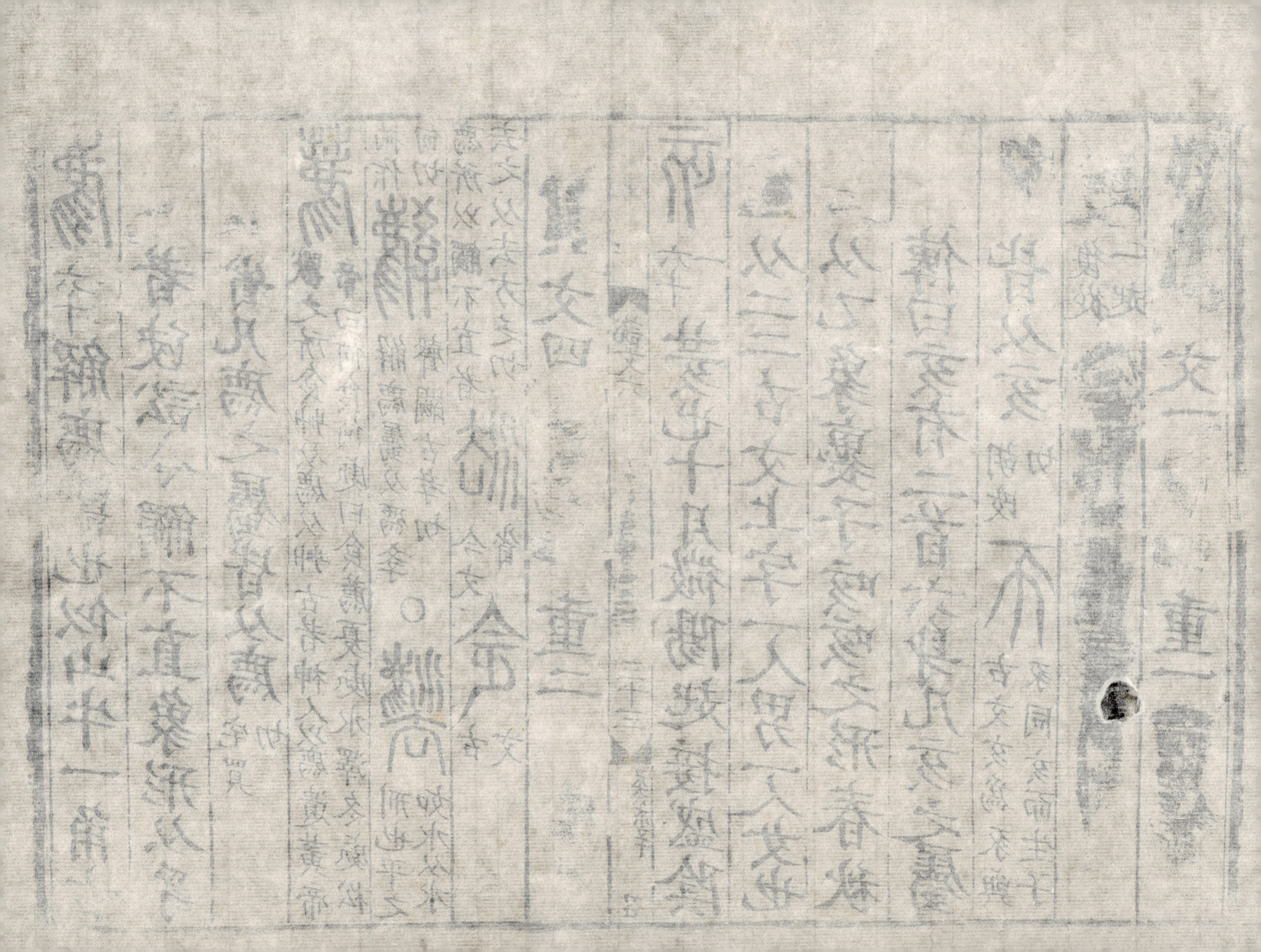

乃 六十二 曳詞之難也象气之出難

凡乃之屬皆从乃 奴亥切臣鉉等曰今隷書作乃

𠄎 古文乃 𠬪 籀文乃

卤 驚聲也从乃省西聲籀文卤不省或曰卤往也讀若仍臣鉉等曰西非聲未詳如乘切

𠧪 古文卤

卤 气行皃从乃卤聲讀若攸以周切

文三 重三



廴 六十三 長行也从彳引之凡廴之屬皆从廴 余忍切

延 行也从廴正聲諸盈切

廷 朝中也从廴壬聲特丁切

○ 建 立朝律也从聿从廴臣鉉等曰聿律省也居萬切

文四

乚 六十四 匿也象迟曲隱蔽形凡乚之屬皆从乚讀若隱 於謹切

直 正見也从乚从十从目徐鍇曰乚隱也今十目所見是直也除力切

𥄂 古文直

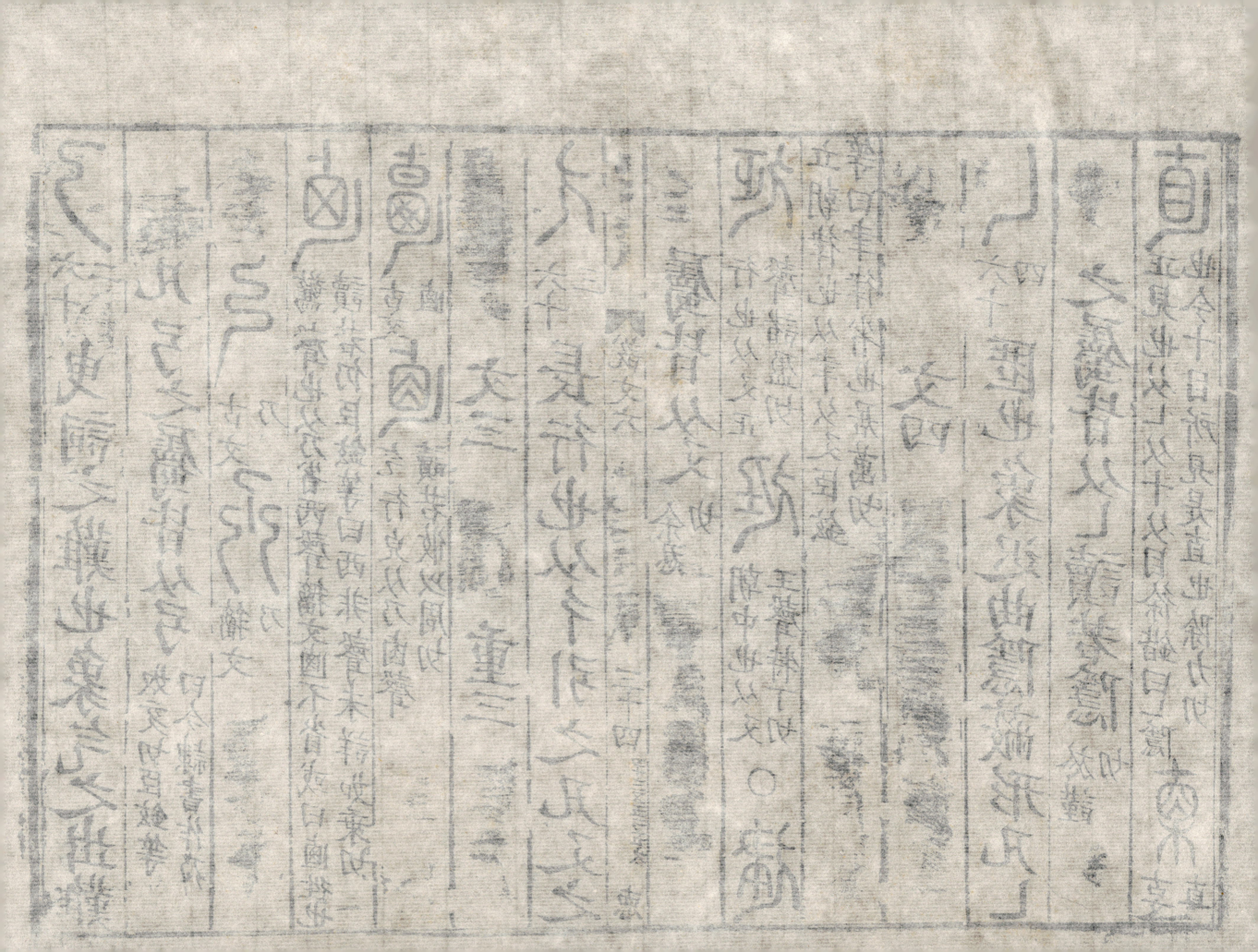

文二　重一

㫃　六十五　旌旗之游㫃蹇之皃从屮曲而下垂㫃相出入也讀若偃古人名㫃字子游凡㫃之屬皆从㫃　於幰切

㫃　古文㫃字象形及象旌旗之游

施　旗皃从㫃也聲晉欒施字子旗知施者旗也式支切

旇　旌旗披靡也从㫃皮聲敷羈切

旖　旗旖施也从㫃奇聲於离切

旗　熊旗五游以象罰星士卒以爲期从㫃其聲周禮曰率都建旗渠之切



旂　旗有衆鈴以令衆也从㫃斤聲渠希切

旟　錯革畫鳥其上所以進士衆旟旟衆也从㫃與聲周禮曰州里建旟以諸切

旛　幅胡也从㫃番聲臣鉉等曰胡幅之下垂者也孚袁切

○旃　旗曲柄也所以旃表士衆从㫃丹聲周禮曰通帛爲旃諸延切

旜　旃或从亶

旋　周旋旌旗之指麾也从㫃从疋疋足也徐鍇曰人足隨旌旗以周旋也似沿切

⿸㫃猋　旌旗飛揚皃从㫃猋聲甫遙切

旚　旌旗旚繇也从㫃票聲匹招切

旄　幢也从㫃从毛毛亦聲莫袍切

旌　游車載旌析羽注旄首所以精進士卒从㫃生聲子盈切

游　旌旗之流也从㫃汓聲以周切

逕　古文游

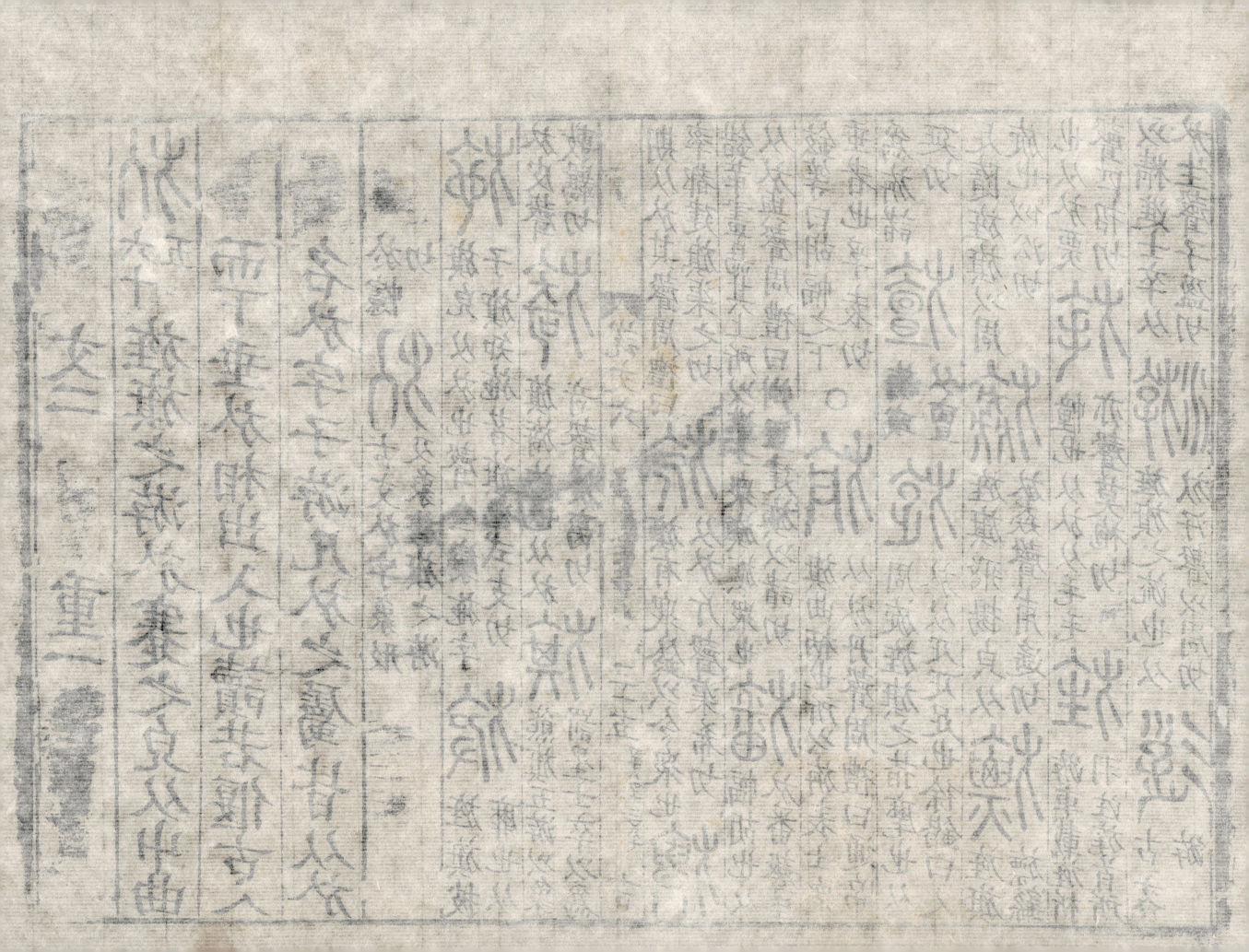

游 旌旗之流也从㫃汓聲以周切 ○ 旅 軍之五百人爲旅从㫃从从从俱也力舉切 𣄴 古文旅古文以爲魯衞之魯 𣄺 旗屬从㫃要聲烏皎切

旐 龜蛇四游以象營室游游而長从㫃兆聲周禮曰縣鄙建旐治小切 ○ 旞 導車所以載全羽以爲允允進也从㫃遂聲徐醉切 ⿰㫃遺 旞或从遺 旆 繼旐之旗也沛然而垂从㫃宋聲蒲蓋切 旝 建大木置石其上發以機以追敵也从㫃會聲春秋傳曰旝動而鼓詩曰其旝如林古外切 ○ 族 矢鋒也束之族族也从㫃从矢昨木切

文二十三　重五



㯻 六十六 橐也从束圂聲凡㯻之屬皆从㯻胡本切

㯱 囊張大皃从㯻省匋省聲符宵切 櫜 車上大橐从㯻省咎聲詩曰載櫜弓矢古勞切 囊 橐也从㯻省襄省聲奴當切 ○ 橐 囊也从㯻省石聲他各切

文五

丨 六十七 上下通也引而上行讀若

丨 引而下行讀若退凡丨之屬皆从丨 古本切

中 和也从口丨上下通 陟弓切

𠁧 古文中

𠁩 籀文中

○㫃 旌旗杠皃从丨从㫃㫃亦聲 丑善切

文三 重三

厂 山石之厓巖人可居象形 六十八

凡厂之屬皆从厂 呼旱切

厈 籀文从干



厓 山邊也从厂圭聲 五佳切

厜 厜㕒山顛也从厂垂聲 姊宜切

㕒 厜㕒也从厂義聲 魚為切

𠩤 石間見从厂甫聲讀若敷 芳無切

厗 唐厗石也从厂屖省聲 杜兮切

厖 石大也从厂尨聲 莫江切

○厰 崟也一曰地名从厂敢聲 魚音切

厒 石地也从厂金聲讀若紟 巨今切

厱 厱諸治玉石也从厂僉聲讀若藍 魯甘切

○产 仰也从人在厂上一曰屋梠也秦謂之桷齊謂之产 魚毀切

厎 柔石也从厂氐聲 職雉切

砥 厎或从石

厬 仄出泉也从厂晷聲讀若軌 居洧切

⿸厂異 石利也从厂異聲讀若枲胥里切 〇

⿸厂古 美石也从厂古聲侯古切

厞 隱也从厂非聲扶沸切

厲 旱石也从厂蠆省聲力制切

⿸厂萬 或不省 〇

厥 發石也从厂欮聲俱月切

⿸厂㞢 岸上見也从厂从之省讀若躍以灼切

厝 厲石也从厂昔聲詩曰他山之石可以爲厝倉各切又七互切

⿸厂辟 仄也从厂辟聲普擊切

厤 治也从厂秝聲郎擊切

⿸厂兒 石聲也从厂兒聲五歷切

仄 側傾也从人在厂下阻力切

⿸厂矢 籀文从矢矢亦聲

⿸厂立 石聲也从厂立聲盧荅切

厭 笮也从厂猒聲一曰合也於輒切又一琰切

⿸厂夾 辟也从厂夾聲胡甲切




文二十七 重四

六十九 卵 凡物無乳者卵生象形凡卵之屬皆从卵盧管切

毈 卵不孚也从卵段聲徒玩切

文二

七十 丏 不見也象壅蔽之形凡丏之屬皆从丏彌兖切

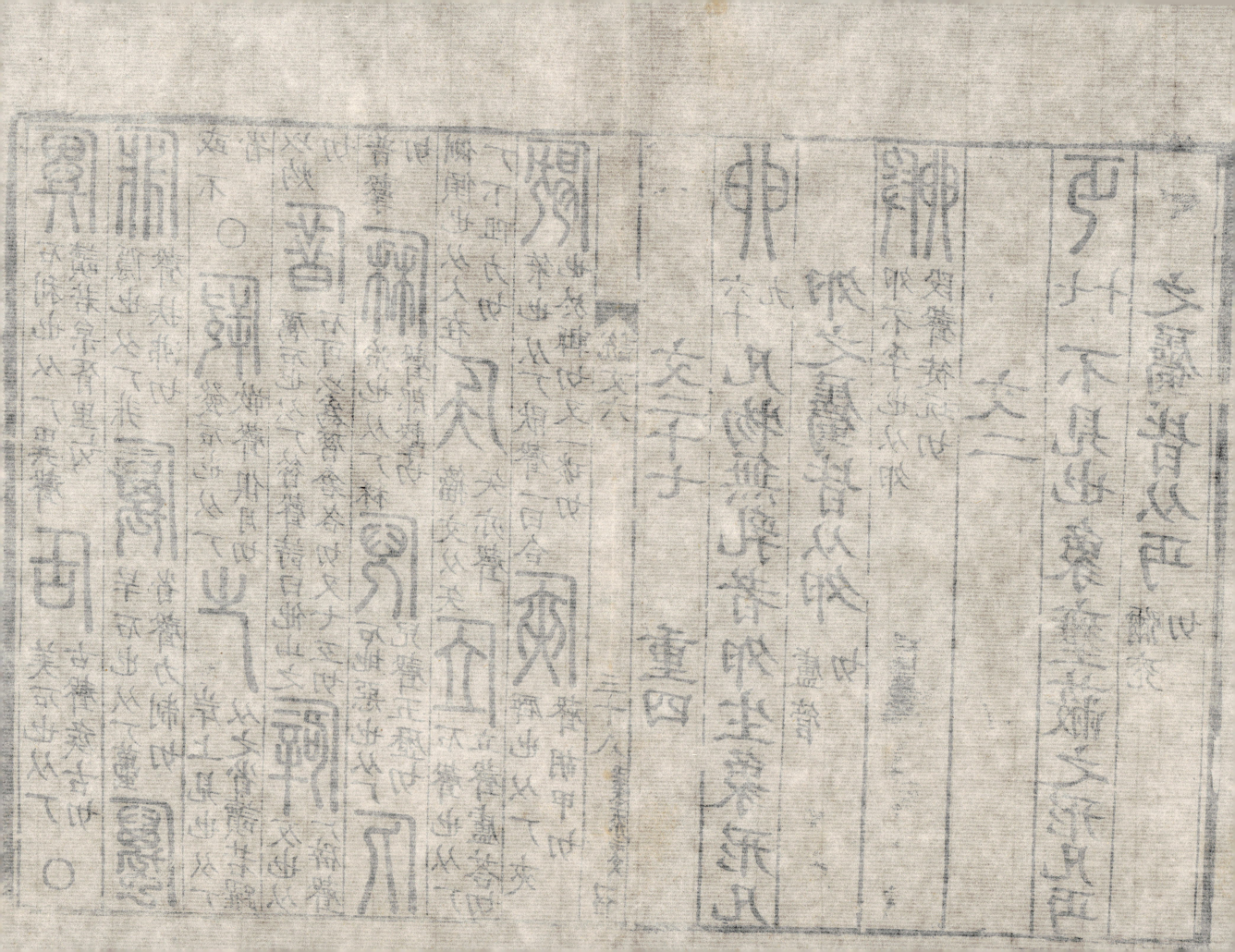

文二

犬 狗之有縣蹏者也象形孔子曰視犬之字如畫狗也凡犬之屬皆从犬 苦泫切

尨 犬之多毛者从犬从彡詩曰無使尨也吠 莫江切 猗 犗犬也从犬奇聲 於离切

狋 犬怒皃从犬示聲一曰犬難得代郡有狋氏縣讀又若銀 語其切 ⿰犬軍 獸名从犬軍聲 許韋切

狐 祅獸也鬼所乘之有三德其色中和小前大後死則丘首从犬瓜聲 户吳切

猜 恨賊也从犬青聲 倉才切 獜 健也从犬粦聲詩曰盧獜獜 力珍切

㹞 犬吠聲从犬斤聲 語斤切 ⿰犬番 犬鬬聲从犬番聲 附袁切 狟 犬行也从犬亘聲周書曰尚狟狟 胡官切

狻 狻麑如虦貓食虎豹者从犬夋聲見爾雅 素官切 狠 吠鬬聲从犬良聲 五還切 ○

猵 獺屬从犬扁聲 布玄切 獱 或从賓

猋 犬走皃从三犬 甫遥切 獢 猲獢也从犬喬聲 許驕切 㺜 犬獿獿咳吠也从犬翏聲 火包切

獿 獿㺜也从犬夒 女交切 獒 犬如人心可使者从犬敖聲春秋傳曰公嗾夫獒 五牢切

⿰犬農 犬惡毛也从犬農聲 奴刀切 狌

⿰犭主 黃犬黑頭从犬主聲讀若注之戍切
戾 曲也从犬出戶下戾者身曲戾也郎計切
狾 狂犬也从犬折聲春秋傳曰狾犬入華臣氏之門征例切
獘 頓仆也从犬敝聲春秋傳曰與犬犬獘毗祭切
斃 獘或从死
獪 狡獪也从犬會聲古外切
猌 犬張齗怒也从犬來聲讀又若銀魚僅切
獻 宗廟犬名羹獻犬肥者以獻之从犬鬳聲許建切
獌 狼屬从犬曼聲爾雅曰貙獌似貍舞販切
狦 惡健犬也从犬删省聲所晏切
⿰犭幵 獟犬也从犬幵聲一曰逐虎犬也五甸切
獧 疾跳也一曰急也从犬睘聲古縣切
狷 褊急也从犬肙聲古縣切
獟 ⿰犭幵犬也从犬堯聲五弔切

獠 獵也从犬尞聲力照切
狀 犬形也从犬爿聲鉏亮切
犺 健犬也从犬亢聲苦浪切
狩 犬田也从犬守聲易曰明夷于南狩書究切
臭 禽走臭而知其迹者犬也从犬从自臣鉉等曰自古鼻字犬走以鼻知臭故从自尺救切 ○
⿸㱿犬 犬屬䐓已上黃䐓已下黑食母猴从犬㱿聲讀若構或曰穀似牂羊出蜀北囂山中犬首而馬尾火屋切
獨 犬相得而鬭也从犬蜀聲羊為群犬為獨也一曰北囂山有獨狢獸如虎白身豕鬣尾如馬徒谷切
倏 走也从犬攸聲讀若叔式竹切
⿰犭谷 獨狢獸也从犬谷聲余蜀切
猲 短喙犬也从犬曷聲詩曰載獫猲獢爾雅曰短喙犬謂之猲獢許謁切
狘 獸走皃从

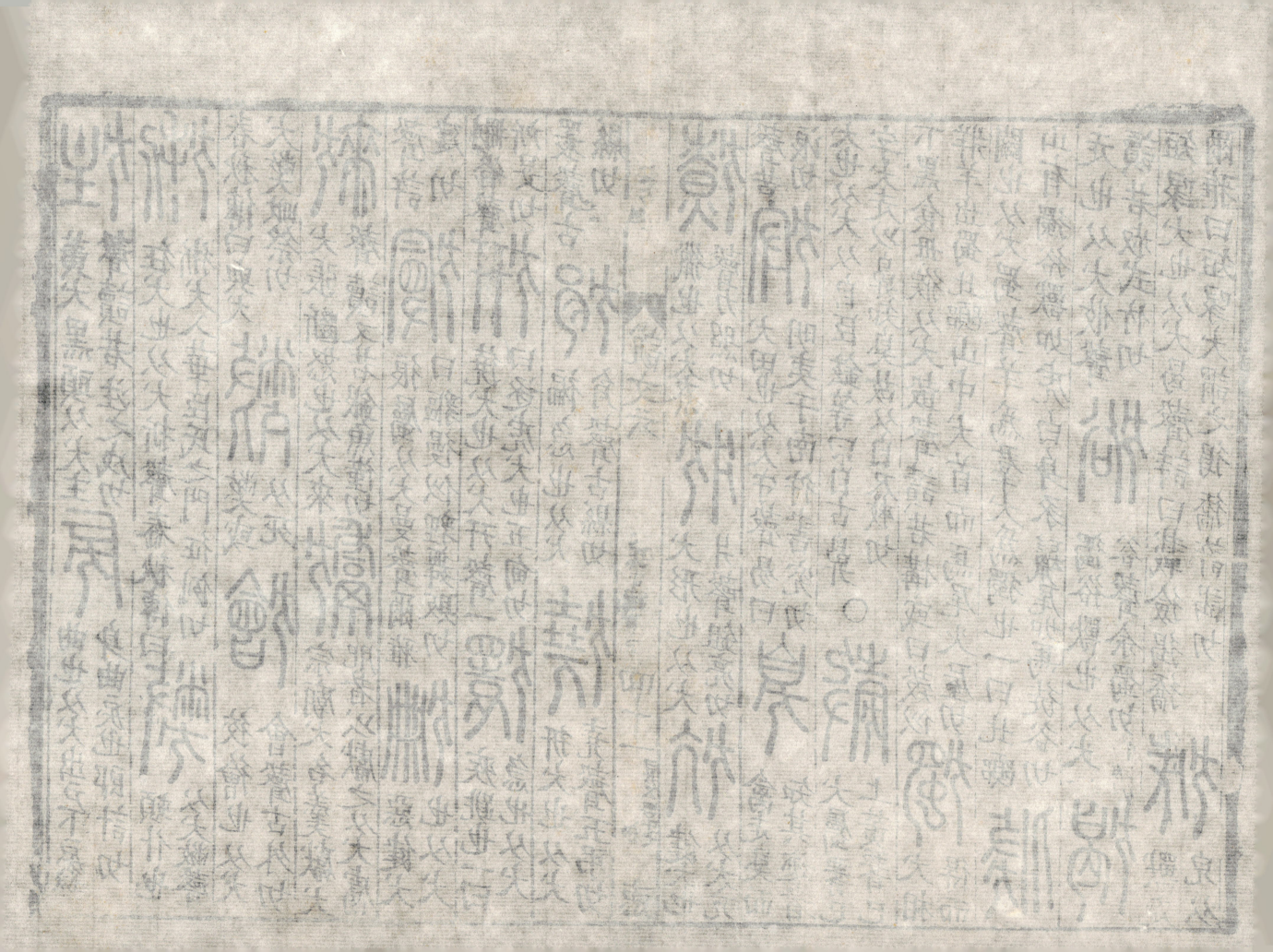

犬戍聲許月切 㹃 過弗取也从犬市聲讀若孛蒲沒切 猝 犬从艸暴出逐人也从犬卒聲麤沒切 犮 走犬皃从犬而丿之曳其足則刺犮也蒲撥切 獺 如小狗也水居食魚从犬賴聲他達切 猰 猰貐獸名从犬契聲烏黠切 猲 犬猲猲不附人也从犬曷聲南楚謂相驚曰猲讀若愬式略切 玃 母猴也从犬矍聲爾雅云玃父善顧攫持人也俱縛切 狛 如狼善驅羊从犬白聲讀若蘗甯嚴讀之若淺泊匹各切 獲 獵所獲也从犬蒦聲胡伯切 ⿰犬易 犬張耳皃从犬易聲陟革切 狄 赤狄本犬種狄之爲言淫辟也从犬亦省聲徒歷切 狊 犬視皃从犬目古闃切 默 犬暫逐人也从犬黑聲讀若墨莫北切 狧 犬食也从犬从舌讀若比目魚鰈之鰈他合切 獵 放獵逐禽也从犬巤聲良涉切 㹤 多畏也从犬去聲去劫切 怯 杜林說㹤从心 狎 犬可習也从犬甲聲胡甲切

文八十三 重五

文四 新附

𡿨 十七 二 水小流也周禮匠人爲溝洫梠廣五寸二梠爲耦一耦之伐廣

尺深尺謂之𡿨倍𡿨謂之遂倍遂曰溝倍溝曰洫倍洫曰巜凡𡿨之屬皆从𡿨 姑泫切

甽 古文𡿨从田从川

畎 篆文𡿨从田犬聲六畎爲一畮

文一 重二

舛 七十三 對臥也从夊𡕒相背凡舛之屬皆从舛 昌兖切

踳 楊雄說舛从足春



舞 樂也用足相背从舛無聲 文撫切

𦏶 古文舞从羽亡 ○

舝 車軸耑鍵也兩穿相背从舛𢍰省聲𢍰古文偰字 胡戛切

文三 重二

孨 七十四 謹也从三子凡孨之屬皆从孨讀若翦 旨兖切

孱 迮也一曰呻吟也从孨在尸下 ○ 臣鉉等曰尸者屋也 士連切

孴 盛皃从孨从曰讀若薿薿一曰若存 魚紀切

𡥖 籀文孴从二子一曰𡥖即奇字𣍃

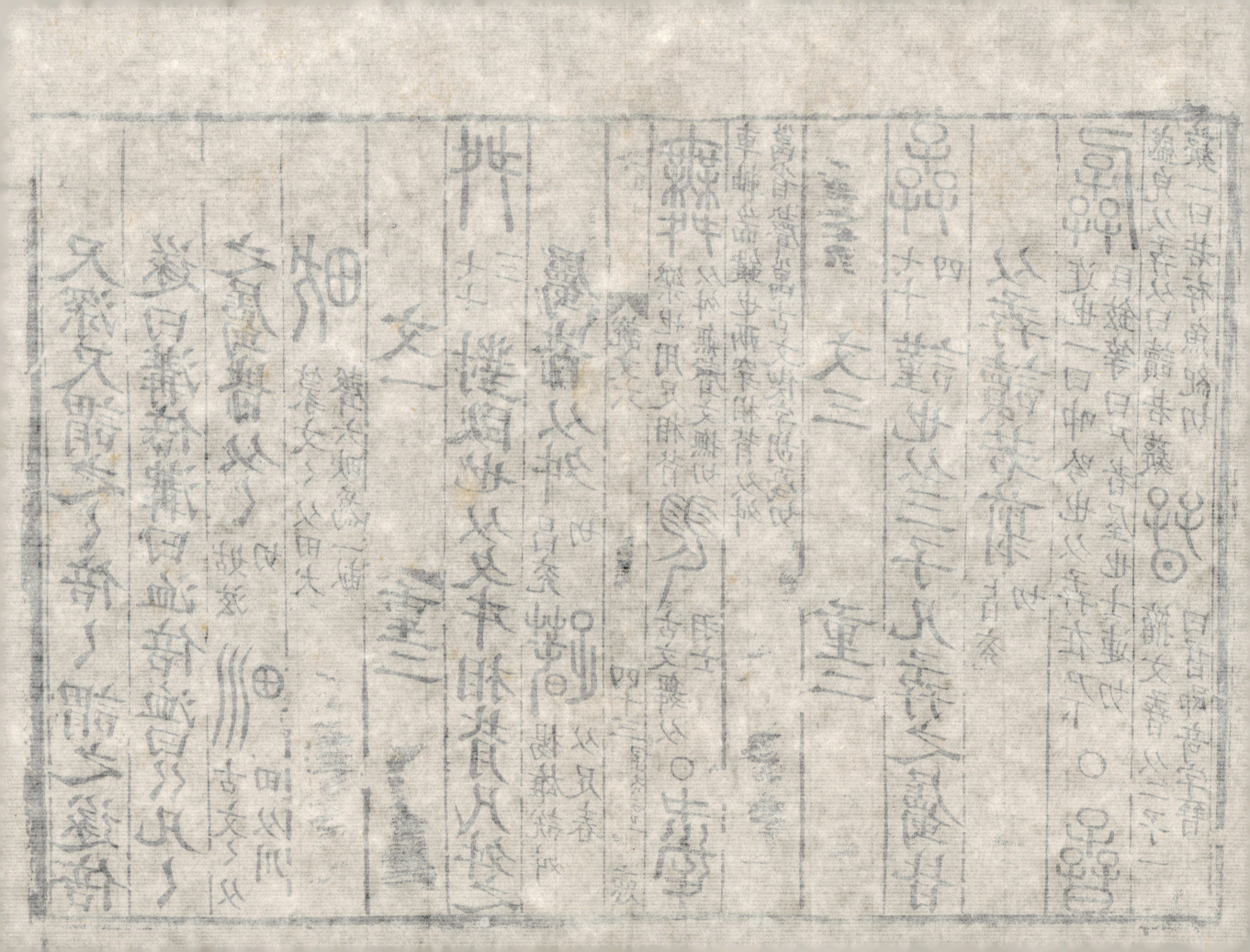

文三　重一

甍　七十五　柔韋也从北从皮省从夐省凡甍之屬皆从甍讀若耎一曰若儁臣鉉等曰北者反覆柔治之也夐營也而兖切

古文甍　籀文甍从夐省

䙚　羽獵韋絝从甍灷聲而隴切　或从衣从朕虞書曰鳥獸䙚毛

文三　重二



辡　七十六　辠人相與訟也从二辛凡辡之屬皆从辡方免切

辯　治也从言在辡之閒符蹇切

文二

㠭　七十七　極巧視之也从四工凡㠭之屬皆从㠭知衍切

𡨄　窒也从㠭从廾窒宀中㠭猶齊也穌則切

文二

鳥 七十八 長尾禽總名也象形鳥之足似匕从匕凡鳥之屬皆从鳥 都了切

鸏 水鳥也从鳥蒙聲莫紅切

鴻 鴻鵠也从鳥江聲户工切

鷛 鳥也从鳥庸聲余封切

鴜 鸃鴜也从鳥此聲即夷切

鸃 鵔鸃也从鳥義聲秦漢之初侍中冠鵔鸃冠魚羈切

鴲 瞑鴲也从鳥旨聲旨夷切

鷀 鸕鷀也从鳥茲聲疾之切

鶔 雝鶔也从鳥渠聲強魚切

鴡 王鴡也从鳥且聲七余切

鴝 鴝鵒也从鳥句聲其俱切

鸕 鸕鷀也从鳥盧聲洛乎切

鴣 鷓鴣也从鳥古聲古乎切

鷉 鷿鷉也从鳥虒聲土雞切

鴺 鴺胡污澤也从鳥夷聲杜兮切

鵜 鴺或从弟

鷖 鳧屬从鳥殹聲詩曰鳧鷖在梁烏雞切

鷐 鷐風也从鳥晨聲植鄰切

鴖 鳥也从鳥昏聲武巾切

鳻 鳥聚皃一曰飛皃从鳥分聲府文切

鴛 鴛鴦也从鳥夗聲於袁切

鶱 飛皃从鳥寒省聲虛言切

鶤 鶤雞也从鳥軍聲讀若運古渾切

鷬 鳥也从鳥堇聲那干切

難 鷬或从隹

難 古文鷬

難 古文鷬

難 古文鷬

鸛 鸛專畐蹂如鵲短尾射之銜矢射人从鳥

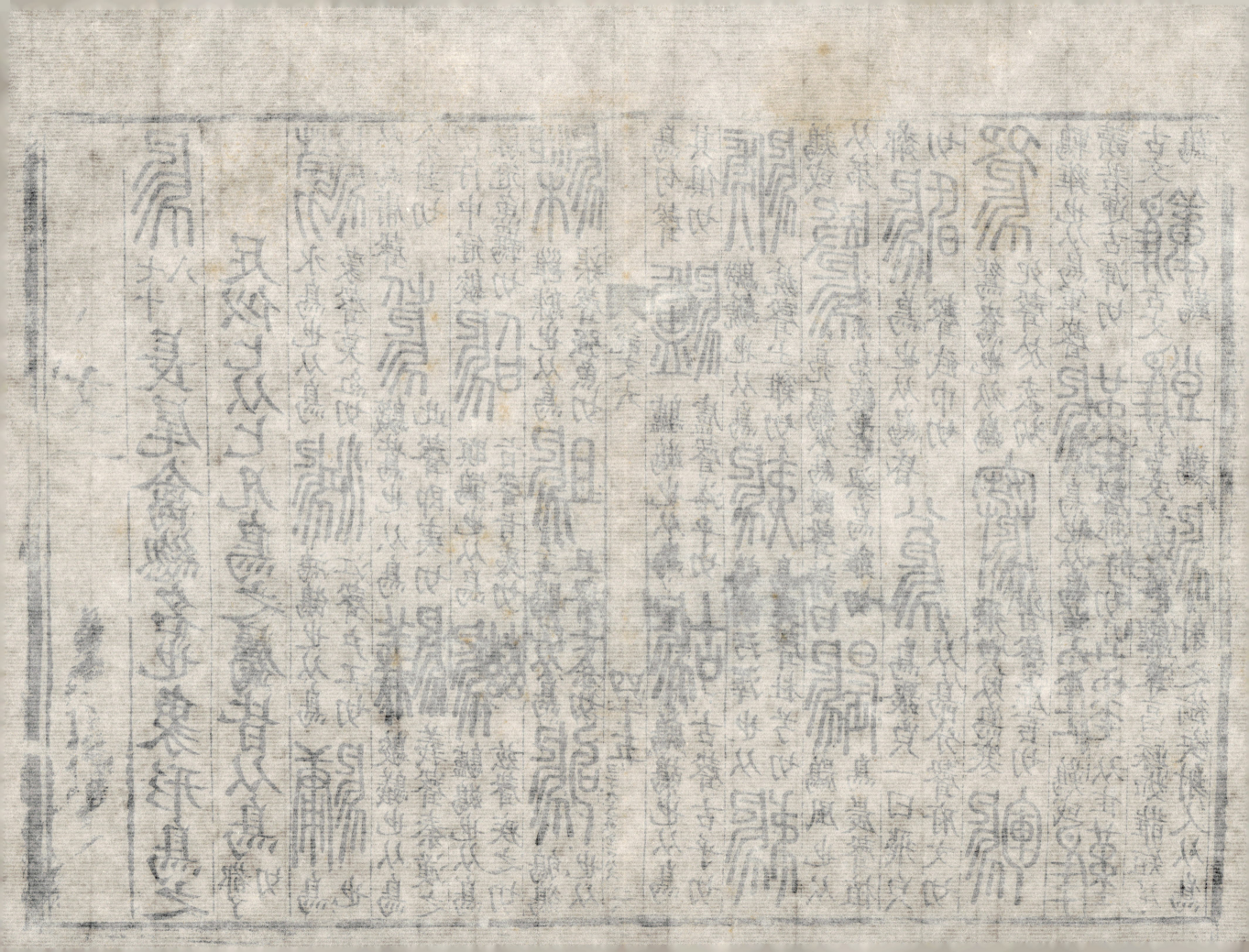

雚聲呼官切

鷻 雕也从鳥敦聲詩曰匪鷻匪鳶度官切

鸞 亦神靈之精也赤色五采雞形鳴中五音頌聲作則不从鳥䜌聲周成王時氐羌獻鸞鳥洛官切

鷳 鴟也从鳥閒聲戶間切

○鳽 鵁鶄也从鳥幵聲古賢切

鸇 鷐風也从鳥亶聲諸延切

𪈷 籀文鸇从廛

鳶 鷙鳥也从鳥屰聲臣鉉等曰屰非聲一本从屰疑从雀省今俗別作鳶非是與專切

鷯 刀鷯剖葦食其中蟲从鳥尞聲洛簫切

鷦 鷦䳄桃蟲也从鳥焦聲即消切

鴞 鴟鴞寧鴂也从鳥号聲于嬌切

鷮 走鳴長尾雉也乘輿以爲防釳著馬頭上从鳥喬聲巨嬌切

鵁 鵁鶄也从鳥交聲一曰鵁鸕也古肴切

鴚 鴚鵝也从鳥可聲古俄切

鵝 鴚鵝也从鳥我聲五何切

鷞 鷫鷞也从鳥爽聲所莊切

鴦 鴛鴦也从鳥央聲於良切

鶬 麋鴰也从鳥倉聲七岡切

𪃐 鶬或从隹

鳴 鳥聲也从鳥从口武兵切

鸚 鸚䳇能言鳥也从鳥嬰聲烏莖切

鶯 鳥也从鳥熒省聲詩曰有鶯其羽烏莖切

鶄 鵁鶄也从鳥青聲子盈切

鳩 鶻鵃也从鳥九聲居求切

鵃 鶻鵃也从鳥舟聲張流切

鶹 鳥少美長醜爲鶹離从鳥留聲力求切

䳺 秃䳺也从鳥尗聲臣鉉等曰尗非聲未詳七由切

鶖 䳺或从秋

鷗 水鴞也从鳥區聲烏侯切

曰本非書本無此說今從宋本 [illegible] 从鳥[illegible]聲 [illegible]

也从鳥[illegible]聲[illegible]切 [illegible] 从鳥[illegible]

[illegible] 青[illegible]也从鳥[illegible] [illegible] 从鳥[illegible]

[illegible] 言鳥也从鳥[illegible]聲 [illegible]

[illegible] 从鳥[illegible]聲[illegible]切 [illegible]

[illegible] 从鳥[illegible]聲[illegible]切 [illegible]

[illegible] 从鳥[illegible] 一曰[illegible] 从鳥交

書[illegible] 从鳥倉聲 [illegible]

[illegible] 从鳥[illegible]聲[illegible] 从鳥

[illegible] 从鳥[illegible] 从鳥[illegible]

鳥聲[illegible] 从鳥[illegible]

○ [illegible] 从鳥[illegible]聲 [illegible]

[illegible] 从鳥[illegible]聲 [illegible]

[illegible] 匪[illegible]匪[illegible] 从鳥[illegible]聲 詩曰 [illegible]

⿰鳥箴 ⿰鳥箴鷲也从鳥箴聲職深切 ○

鸓 鼠形飛走且乳之鳥也从鳥畾聲力軌切

⿱畾鳥 籒文鸓

䳇 鸚䳇也从鳥母聲文甫切

鵻 祝鳩也从鳥隹聲思允切

隼 鵻或从隹一一曰鶉字

鶠 鳥也其雌皇从鳥匽聲一曰鳳皇也於幰切

鷕 雌雉鳴也从鳥唯聲詩曰有鷕雉鳴以沼切

䳄 鷦䳄也从鳥眇聲亡沼切

⿰鳥芺 鳥也从鳥芺聲烏浩切

鴇 鳥也肉出尺胾从鳥𠤏聲博好切

鳵 鴇或从包

鴋 澤虞也从鳥方聲分兩切

鴸 鳥也从鳥主聲天口切 ○

鳳 神鳥也天老曰鳳之象也鴻前麐後蛇頸魚尾鸛顙鴛思龍文龜背燕頷雞喙五色備舉出於東方君子之國翺翔四海之外過崐崘飲砥柱濯羽弱水莫宿風穴見則天下大安寧从鳥凡聲馮貢切



古文鳳象形鳳飛羣鳥從以萬數故以爲朋黨字

鵬 亦古文鳳

鷙 擊殺鳥也从鳥執聲脂利切

鷧 鶿也从鳥壹聲乙冀切

鸒 卑居也从鳥與聲羊茹切

鷺 白鷺也从鳥路聲洛故切

鴧 鳥似鶡而青出羌中从鳥介聲古拜切

鵔 鵔鸃鷩也从鳥夋聲私閏切

鶾 雉肥鶾音者也从鳥倝聲魯郊以丹雞祝曰以斯鶾音赤羽去魯矦之咎矦幹切

鴠 渴鴠也从鳥旦聲得案切

鴳 雇也从鳥安聲烏諫切

鴈 鵝也从鳥人厂聲臣鉉等曰从人从厂義無所取當从雁省聲五晏切

鶨 欺老也从鳥彖聲丑絹切

鷂 鷙鳥也从鳥䍃聲弋笑切
鷓 鷓鴣鳥名从鳥庶聲之夜切
鷲 鳥黑色多子師曠曰南方有鳥名曰羌鷲黃頭赤目五色皆備从鳥就聲疾僦切
鷚 天龠也从鳥翏聲力救切
鷇 鳥子生哺者从鳥殼聲口豆切
鴆 毒鳥也从鳥冘聲一名運日直禁切
〇
鸔 鳥鸔也从鳥暴聲蒲木切
鶩 舒鳧也从鳥敄聲莫卜切
鷫 鷫鷞也五方神鳥也東方發明南方焦明西方鷫鷞北方幽昌中央鳳皇从鳥肅聲息逐切
[篆] 司馬相如說从変聲
鵱 蔞鵱也从鳥坴聲力竹切
鵴 秸鵴尸鳩从鳥鞠聲臣鉉等曰鞠居六切與𥷚同居六切
[篆] 鳥也从鳥臼聲居玉切
鵠 鴻鵠也从鳥告聲胡沃切
鵒 鴝鵒也从鳥谷聲古者鴝鵒不踰泲余蜀切
[篆] 鵒或从佳从臾
鷽 雗鷽山鵲知來事鳥也从鳥學省聲胡角切
雤 鷽或从隹
鸑 鸑鷟鳳屬神鳥也从鳥獄聲春秋國語曰周之興也鸑鷟鳴於岐山江中有鸑鷟似鳧而大赤目五角切
鷟 鸑鷟也从鳥族聲士角切
[篆] 鳥也从鳥桼聲親吉切
[篆] 鳥也从鳥祟聲辛聿切
鴥 鴥飛皃从鳥穴聲詩曰鴥彼晨風余律切
鷸 知天將雨鳥也从鳥矞聲禮記曰知天文者冠鷸余律切
[篆] 鷸或从遹
鶌 鶌鳩也从鳥屈聲九勿切
鷢 白鷢王鴡也从鳥厥聲居月切
鶻 鶻鵃也从鳥骨聲古忽切
[篆]

似雉出上黨从鳥曷聲胡割切

鴰 麋鴰也从鳥昏聲古活切

⿰犮鳥 鳥也从鳥犮聲讀若撥蒲達切

鵽 鵽鳩也从鳥叕聲丁刮切

鴩 鋪豉也从鳥失聲臣鉉等曰鋪豉鳥名徒結切

⿱契鳥 ⿱契鳥⿰嶭鳥鳧屬从鳥契聲古節切

鴂 寧鴂也从鳥夬聲古穴切

⿰巀鳥 鳥也从鳥巀聲子結切

⿰兌鳥 鳥也从鳥説省聲弋雪切

⿰嶭鳥 ⿱契鳥⿰嶭鳥也从鳥嶭聲魚列切

鷩 赤雉也从鳥敝聲周禮曰孤服鷩冕并列切

鵅 烏鸔也从鳥各聲盧各切

鶴 鳴九皋聲聞于天从鳥隺聲下各切

鸊 鸊鷈也从鳥辟聲普擊切

⿰啻鳥 雉屬戇鳥也从鳥適省聲都歷切

鶂 鳥也从鳥兒聲春秋傳曰六鶂退飛五歷切

說文六　四十九

鷊 鶂或从鬲

⿰赤鳥 司馬相如說鶂从赤

鶪 伯勞也从鳥狊聲古闃切

⿰狊隹 鶪或从隹

⿰式鳥 谿⿰式鳥水鳥从鳥式聲耻力切

鴗 天狗也从鳥立聲力入切

鵖 鵖鴔也从鳥皀聲彼及切

鴔 鵖鴔也从鳥乏聲平立切

鴿 鳩屬从鳥合聲古沓切

鴨 鶩也俗謂之鴨从鳥甲聲烏狎切

文百十六　重十九

文四新附

七十九

了 尦也从子無臂象形凡

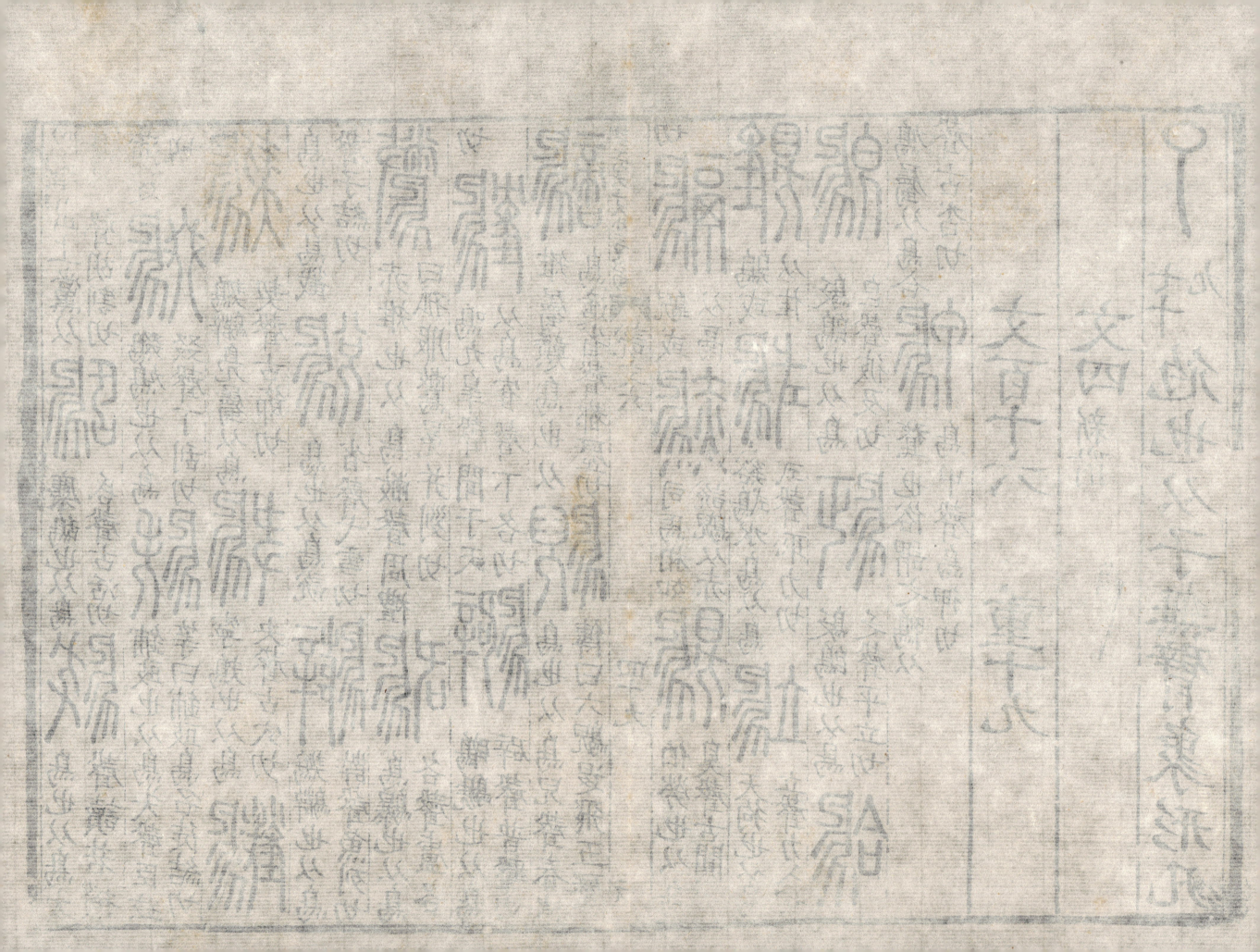

了之屬皆从了 盧鳥切

孓 無左臂也从了亅象形居月切

孑 無右臂也从了乚象形居桀切

文三

小 八十 物之微也从八丨見而分之

凡小之屬皆从小 私兆切

少 不多也从小丿聲書沼切

尐 少也从小乀聲讀若輟子結切

文三



平十四大五示四尸乙 召

𠬪 八十一 物落上下相付也从爪从又

凡𠬪之屬皆从𠬪讀若詩

摽有梅 平小切

爰 引也从𠬪从于籀文以爲車轅字羽元切

爭 引也从𠬪𠂆 臣鉉等曰𠂆音曳𠬪二手也而曳之爭之道也側莖切

𤔝 所依據也从𠬪工讀與隱同於謹切

受 相付也从𠬪舟省聲殖酉切

𠭖 進取也从𠬪古聲古覽切

籀文 敢 古文 敢

𤔔 治也幺子相亂𠬪治之也讀若亂同一曰

○

○

○

文三

○

凡[illegible]之屬皆从[illegible]

[illegible]

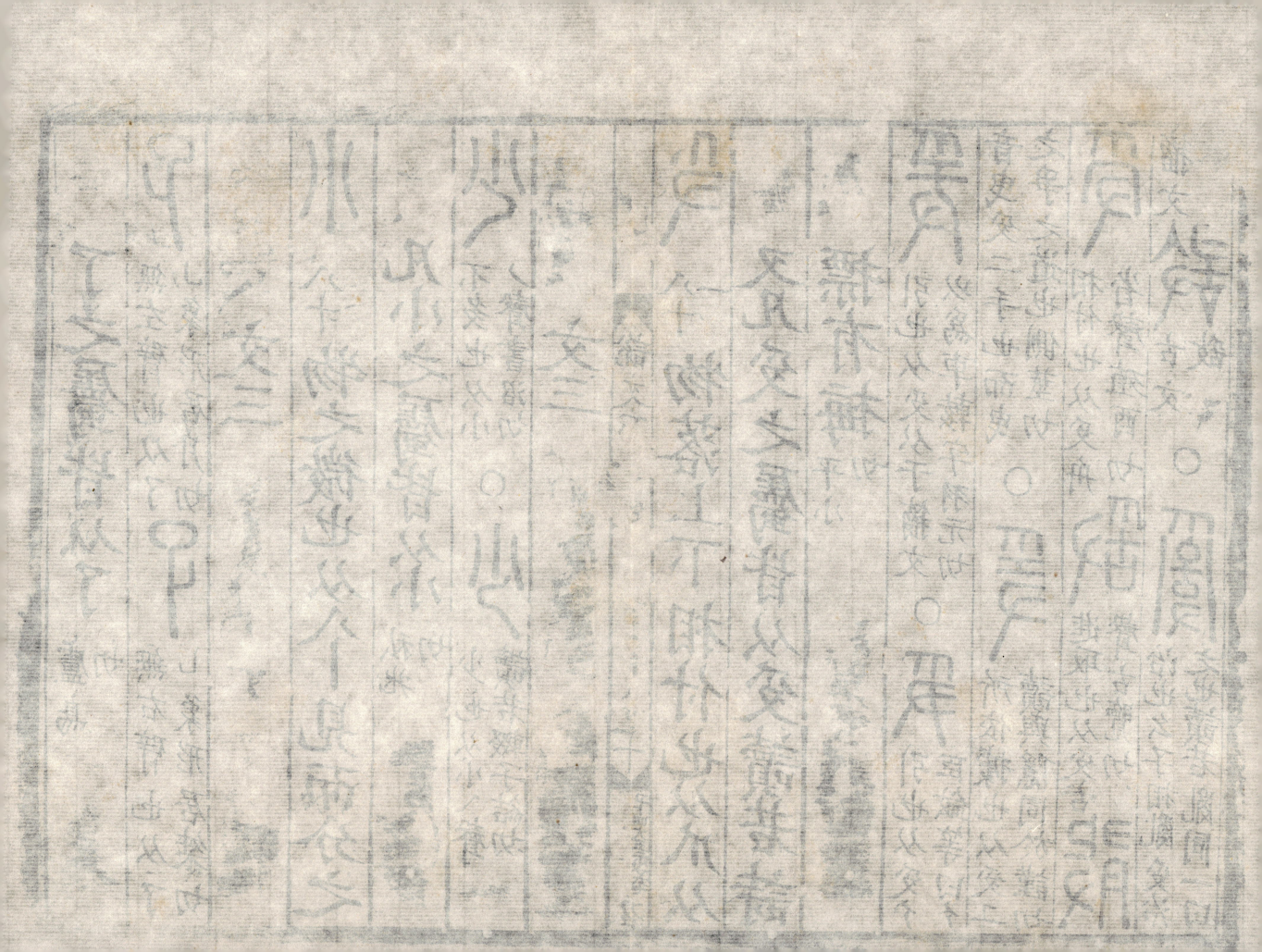

治也徐鍇曰冂坰也界也郎段切𤔔古文 𤔲 五指捋也从受一聲讀若律呂戌切 寽 撮也从受从己臣鉉等曰己者物也又爪擷取之指事力輟切 𤔣

文九 重三

重刊許氏說文解字五音韻譜卷六

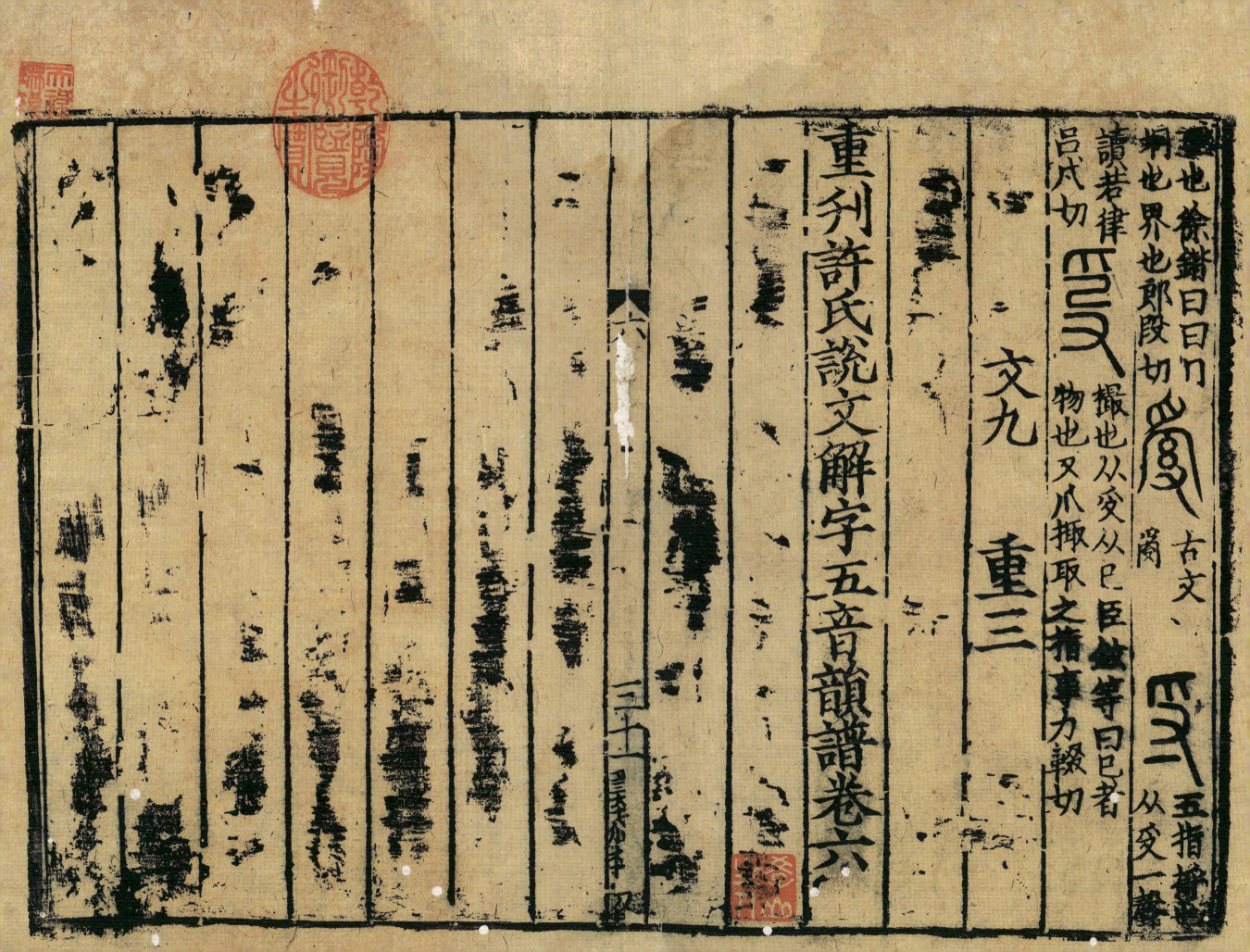

五福五代堂古稀天子寶

八徵耄念之寶

太上皇帝之寶